KB009883

도서 번역가가 되고 싶은 분들께

도움이 되기를 바라며

도서번역가의 세계로 초대합니다

노경아

김지윤

김희정

조민경

박소현

: 번역을 사랑한다면 이들처럼 :

도서번역가의 세계로 초대합니다

세나북스

번역을 사랑한다면 이들처럼!

도서 번역가! 너무나도 매력적인 직업입니다. 외국어로 된 책을 한국어로 척척 번역하고 저자와 나란히 이름이 새겨집니다. 아무나 할 수 없는 전문적인 일이며 많은 사람이 도서 번역가를 꿈꾸고 동경합니다.

도서 번역가가 되려면 어떻게 하면 될까요? 나이가 들어도 도전할 수 있을까요? 유학을 다녀오거나 학위를 받아야 할까요? 번역만 잘하면 될까요? 베테랑 도서 번역가의 일상은 어떨까요? 그들은 자신의 직업을 어떻게 생각하고 어떤 목표를 가지고 있을까요? 궁금한 점이 한둘이 아닙니다.

10년이 넘었지만 여전히 번역이 재미있다는 노경아 번역가님, 번역은 시간 가는 줄 모르고 즐겁게 할 수 있는 취미생활 같다는 김지윤 번역가님, 번역 일을 하며 매일매일 내 인생이 조금씩 더 마음에 든다고 말하는 김희정 번역가님, 책과 함께할 수 있는 이 생활이 더할 나위 없이 행복하다는 조민경 번역가님, 좋아하는 일을 직업으로 가져서 행복하다는 박소현 번역가님! 책에 나오는 도서 번역가들의 번역 이야기는 무척 재미있고 흥미롭습니다.

책을 좋아하고 배우기를 좋아하는 사람에게 이보다 더 좋은 직업은 없어 보입니다. 시작하면 시간 가는 줄 모르게 집중하고 집요하게 매달려 문제를 풀어나가는 과정에서 성취감을 느낀다는 도서 번역가는 멋진 전문직임이 틀림없습니다.

화려한(?) 겉모습과는 달리 안정적인 도서 번역가로 정착하는 일은 쉽지 않아 보입니다. 먼저 도서 번역은 작업 기간이 길고 분량도 많기에 철저한 계획과 자기 관리가 꼭 필요합니다. 만화 번역도 예외는 아닙니다. 두 분의 만화 번역가가 전해주는 이야기는 만화보다 더 재미있고 신선

하지만 마냥 웃을 수만은 없는 에피소드도 많습니다. 번역가로, 프리랜서로 일하는 것의 어려움, 일과 육아를 같이 한다는 것에 관한 이야기도 솔직하게 풀어놓습니다.

그래도 모두 한목소리로 "좋아하는 일을 해서 행복하다"라고 말합니다. 책 한 권을 번역했을 때의 그 뿌듯한 느낌, 완성된 책을 본 순간의 희열, 번역한 책의 증정본을 손에 들었을 때의 만족감은 말로 표현하기 어려울 정도라고 합니다.

번역가님들과 책 만드는 작업을 함께하며 가장 놀란 일은 마감에 대한 철저함이었습니다. 사실 여러 사람이 같이 일하면 한두 분 마감을 못 지키는 분들이 꼭 계십니다. 하지만 번역가님들은 한 번도 저와의 약속을 어긴 적이 없었습니다. 마감을 목숨처럼 생각한다는 원고 내용을 읽고 역시! 라고 감탄했습니다. 진짜 프로라는 생각이 들었습니다.

번역은 외국어만 잘하면 되는 일이 아니라 모국어를 잘해야 합니다. 번역가님들이 써 주신 원고를 보고 또 한 번 놀랐습니다. 고칠 것이 거의 없었기 때문입니다. 덕분에 너무 편하게 책 만드는 작업을 할 수 있었습니다.

어떤 일이든 기술보다는 그 업을 대하는 자세가 더 중요합니다. 자세가 좋으면 기술은 자연스럽게 따라옵니다. 매일매일 꾸준히 자기 일을 하고 적당히 없이 최선을 다합니다. 번역가님들은 그런 하루하루를 보내고 계셨습니다.

이 책은 도서 번역을 사랑하는 다섯 번역가의 인생 이야기입니다. 가장 좋아하는 일을 최선을 다해 즐겁게 일한다는 것이 무엇인지 보여줍니다. 원고를 보는 내내 좋은 에너지를 받아서 행복했습니다. 그녀들의 이야기는 번역가를 지망하는 사람에게는 정보와 희망을, 정말 좋아하는 일을 하고 싶지만 시작하지 못한 사람들에게는 용기와 격려를 전해줄 것입니다.

앞으로도 계속될 번역가님들의 멋진 날들을 진심으로 응원합니다.

편집자 최수진

CONTENTS

PART 1.

춤추듯 부드럽게

일본어 번역가 노경아

10년 차 일한 도서 번역가로 이제야 자신을 '번역가'라고 소개한다지만 무려 70권 이상의 책을 번역한 베테랑이다. 10년간 다른 일을 하면서 마음에 품고 있던 번역가의 꿈을 찾아가는 과정이 흥미진진하게 펼쳐진다. 도서 번역가의 현실에 관한 솔직한 이야기, 프리랜서로 산다는 것의 어려움도 말하지만 10년이 지난 지금도 재미있는 번역은 그녀의 운명이고 천직이다.

PART 2.

꿈만 먹고 살아도 배부르다

일본어 번역가 김지윤

일본어 하나로 먹고살고 싶었다! 하지만 출판 번역가가 될 줄은 꿈에도 몰랐다.
꿈을 찾아 방황하던 소녀가 아이 둘을 낳고 본격적으로 번역가 생활을 시작했다고?!
번역과 육아, 살림, 그리고 유튜브 채널 운영까지!
정신없이 바쁜 하루를 보내고 있지만 지금이 가장 행복하다는 어느 일본어 번역가의 평범한 듯 특별한 일상을 공개한다.

PART 3.

저는 언어의 노예이자 숫자의 노예입니다

중국어 번역가 김희정

중국어로 밥 벌어 먹고살게 될 줄 몰랐던 중국 유학생이자 계획과는 거리가 먼 삶을 살아왔던 자타공인 자유로운 영혼이 어느 날 프리랜서 번역가가 되었다?
어쭙잖게 덤볐다가 호된 신고식을 치렀지만, 여전히 즐겁게 번역가의 길을 걷고 있는 어느 중국어 번역가의 고군분투 번역 일상 엿보기.

PART 4.

야누스, 만화와 라이트노벨의 두 얼굴

일본어 번역가 조민경

마냥 재미있어 보이는 만화와 라이트노벨이지만 결코 만만하게 봐서는 안 된다.
시시각각 다가오는 마감과 물밀듯이 밀려드는 의성어, 의태어, 손글씨, 말장난의 압박 공격! 이들의 공격에서 생존하라. 자칫 긴장을 놓치는 순간 마감 지옥에 빠지고 말지니. 단어 하나하나 우습게 보지 마라. 오역의 함정도 곳곳에 도사리고 있다.
온종일 집 안에 있지만 그 누구보다도 스릴 넘치는 자타공인 집순이 번역가의 좌충우돌 번역 기록.

PART 5.

운명적 만화 번역

일본어 번역가 박소현

만화를 보고 즐기기만 하던 준 오타쿠 앞에 운명처럼 펼쳐진 만화 번역의 길. 경력도 없이 만화 번역가 지망 이력서를 뿌렸는데 열정을 높게 산 편집자에게 발탁, 만화 번역가로 데뷔하는 만화 같은 일이 벌어졌다.
누적 번역 권수 1,300, 번역한 만화책 증정본을 손에 들었을 때의 뿌듯함은 지금도 첫 번역서의 바로 그 느낌이다.
업계 최고령 만화 번역가를 꿈꾸는 중년 일본어 번역가의 왠지 뒤통수가 따끔따끔한 번역 일상이 펼쳐진다.

일러두기

1. 본문에서 책과 잡지는《 》, TV 방송/영화/만화/공연은 〈 〉로 묶어 표기했습니다.
2. '출판 번역'과 '도서 번역', '출판 번역가'와 '도서 번역가'를 본문에서 혼용해서 사용하고 있습니다. 같은 의미로 쓰인 점 미리 알려드립니다.

꿈은
이루어진다

일본어 번역가 노경아

한국외대 일본어과를 졸업한 뒤 10년간 유통회사에서 일하다가 오랜 꿈이었던 번역가의 길로 뒤늦게 들어섰다. 10년간 인문, 자기계발, 경제 · 경영 · 마케팅, 가정 · 생활, 인테리어, 건강에 관한 도서를 70권 이상 번역했으며 대중에게 사랑받는 작가의 문학 작품을 번역하는 것이 앞으로의 꿈이다. 번역의 몰입감, 마감의 긴장감, 탈고의 후련함을 사랑하며 숨 가쁜 발췌 번역을 즐긴다. 낭만 결핍 중년 남자, 질풍노도 중2 아들과 함께 열심히 성장하는 중. 대표 역서로 《오스만 제국》, 《도쿄의 서점》, 《너무 재밌어서 잠 못 드는 경제학》, 《나이 든 나와 살아가는 법》이 있다.

이메일 kanoh4u@gmail.com
블로그 http://blog.naver.com/pgjoice

춤추듯 부드럽게

노경아

들어가며

10년, 그 묵직한 말

안녕하세요. 10년 차 일한 도서 번역가 노경아입니다.

2010년 7월 16일에 첫 책의 계약서에 서명했으니 정말로 딱 10년이 되었네요. 전에는 유통 대기업에서 8년 반, 그것보다 조금 작은 회사에서 1년 반을 일하다가 육아 문제로 퇴직했습니다. 그 후 6개월 동안 쉬다가 프리랜서 번역가로 데뷔했습니다. 우여곡절이 많았지만 간단히 줄이니 이렇게 되는군요.

그간 번역한 책을 책꽂이에 주르륵 꽂아두었는데 새삼 하나하나 세어 보니 69권입니다. 출간을 기다리고 있는 책까지 더하면 총 75권이 될 것 같습니다. (번역한 책 수는 조금 더 되지만 슬프게도 몇 권은 출간이 좌절되었군요) 10년으로 나누면 1년에 7.5권, 한 달에 0.625권을 번역한 셈입니다.

틈틈이 소화한 리뷰와 발췌는 몇 건이나 되는지 살펴보았더니 리뷰 62건, 발췌 129건입니다. '많이 하긴 했구나' 싶어서 저 스스로도 웃음이 나옵니다. (참고로 리뷰란 아직 번역, 출간되지 않은 책의 내용 요약, 일본 내 독자 반응, 역자의 평가 등을 정리하여 출판사가 출판 여부를 결정하는 데 도움을 주기 위한 보고서입니다. 검토서라고도 부릅니다. 발췌 번역은 리뷰와 같은 목적으로 책 일부를 초벌 번역하는 것을 말합니다) 역서가 주르륵 꽂혀 있는 책장, 그리고 입금 확인을 위해 엑셀로 만들어 놓은 월별 작업 목록은 번역가로서의 가장 큰 재산입니다. 앞으로는 한 달에 두 권씩 번역해서 (어려운 책 빼고요) 책장 두 개를 꽉 채우고 싶습니다. 진심입니다.

그런데 사실 이 '10년'이라는 말은 저에게 자랑인 동시에 부담입니다. 듣는 사람마다 '우와'를 먼저 내뱉게 만드는 무게감에 비해 내실이 별로 없다는 생각을 떨쳐 버릴 수 없기 때문입니다. (이 이야기는 뒤에서 천천히 하겠습니다)

그럼에도 어쩔 수 없이, 이 '10년'이라는 말로 이야기를 시작하게 되었군요. 예전에 한 인터뷰에서 야구선수였다가 연기자가 된 누군가가 '내 직업을 떳떳하게 말하려면 적어도 10년은 그 일을 해야 한다고 생각한다'라고 말한 것을 보았습니다. 네, 깊이 동감합니다. 저도 이제야 슬슬 자신을 '번역가 노경아'라고 당당히 소개하기 시작했습니다.

후배님들께 정말 죄송한 말씀이지만, 예전에 저는 '뭐 하는데 그렇게 바쁘냐'라고 누가 물어보면 '집에서 아르바이트', '용돈 벌이', '부업', '앵벌이'를 한다고 말해 왔습니다. 그리고 "그러니까 그 아르바이트가 뭔데?"라고 물어보면 그제야 '그냥 번역'이라고 겸손을 떨어서 상대방에게서 "우와, 멋있다."라는 말을 끌어내곤 했었죠. 물론 수입이 최저 시급보다 조금 나은 수준이었기도 했지만, 더 중요한 이유는 따로 있었던 것 같습니다.

돌고 돌아 접어든 길

번역가가 될 운명이었는데

요즘 들어 부쩍 '내가 버린 가능성'을 생각하게 됩니다. 벌써 노인처럼 뒤를 돌아보고 있느냐고 말할지도 모르지만, 저는 이것이 나름대로 성장하는 과정이라고 생각합니다. 제가 워낙 늦되는 타입이라서요.

버려진 가능성에 관한 생각이란, '대학을 졸업하자마자,

아니, 대학 때부터 번역가가 될 생각으로 준비했다면 나는 지금 어떻게 살고 있을까?' 하는 것입니다.

그렇다고 오해하지는 마세요. 저는 지금의 삶이 좋고 지금의 제가 좋습니다. 그럼에도 역사에 제일 쓸모없는 '만약'이라는 질문으로 평행우주의 다른 나를 상상해 보는 것도 나쁘지 않습니다. 뭐랄까, 절묘하게 내면의 균형이 맞는다고 할까요? 아무튼 저는 상당히 먼 길을 돌아 번역가의 길로 접어들었습니다.

어릴 때부터 글쓰기와 외국어를 좋아하는 데다 꽤 잘했습니다. 외국어와 글쓰기라니, 누가 봐도 번역가가 될 운명 아닌가요? 게다가, 어릴 때는 안 그랬던 것 같은데 크면서 점점 부끄러움을 많이 타고 사람 앞에서 긴장을 잘하는 성격이 되어서 발표보다는 글짓기 쪽으로 자연스럽게 기울어지게 되었습니다.

고등학교 때는 문예 창작반에서 즐겁게 활동하며 마음이 혼란스럽거나 힘들 때는 노트를 펼쳐 열 페이지씩 일기를 쓰기도 하는 문학소녀였습니다.

게다가 중학교에서 영어를 배우기 시작한 후로 제가 국어뿐만 아니라 외국어도 좋아한다는 것을 알게 되었습니다. 영어 시간에 칭찬도 꽤 받았고 말하기 대회에서 입상도 했죠. 수학과 과학을 끔찍하게 못하는 대신 그 반대쪽의 소질을 감사하게도 충분히 받았던 모양입니다.

일본어과에 진학한 것은 고등학교 때 제2외국어로 배운 일본어가 재미있어서 조금 더 배우고 싶었기 때문입니다. 대입 준비가 미흡해서 1지망 학교에는 떨어졌지만 별 욕심내지 않고 2지망으로 붙은 학교에 진학했습니다.

10년의 우회

그런데 아쉽게도 대학에서는 공부를 못했습니다. 말 그대로 성적이 좋지 않았다는 뜻입니다. 고등학교 때 일본어를 어느 정도 배웠던지라 입학할 때는 성적이 상위권이었는데 졸업할 때는 하위권이 되어 있었습니다. 대학의 자기주도 학습 시스템에 적응하지 못했고, 확 달라진 인간관계에도 어려움을 많이 느꼈던 터라 학교를 멀리했습니다. 그

탓에 출석이 모자라서 재수강을 했던 과목도 몇 있었습니다.

그러면서도 자존심은 세서 친구들이 모두 일본으로 어학연수를 떠날 때 영어와 일본어를 다 잘할 수 있다고 만용을 부리며 영어권으로 어학연수를 다녀온 덕분에 일본어 실력 차이를 영영 메울 수가 없게 되어 버렸습니다.

당시 졸업을 앞두고 대부분 취업 준비를 했지만 그중에는 통·번역 대학원 시험을 준비하는 친구들도 한둘 끼어 있었습니다. '그때 그들 사이에 내가 있었다면 어땠을까?' 요즘 그런 상상을 합니다. 지금의 저였다면 아마 도전했을 것입니다. 하지만 당시의 저는 대학원에는 전혀 관심이 없었습니다. 빠듯한 집안 형편 또한 제 소극성과 게으름의 좋은 핑계가 되었습니다.

취업 역시 쉽지 않았습니다. 일본어과 졸업생이라 유창한 일본어 실력을 요구하는 자리를 학교에서 여러 번 소개해 줬지만, 면접장에서 얼굴이 빨개진 채 돌아 나오기를 반복할 뿐이었습니다. 대우가 해체된 해인 1999년에 졸업을 했으니 IMF 사태의 영향을 받았지만 그 또한 핑계일 뿐입니다.

그래도 요즘보다는 형편이 훨씬 나아서 1년의 재수 끝에 전공을 따지지 않는 업계의 대표 격인 유통업계에 발을 들여놓게 되었습니다. 정확한 수치는 기억이 안 나지만 엄청난 경쟁률을 뚫고 동기 100명 중 3명뿐인 여사원 중 하나가 된 것은 지금 생각해도 놀라운 행운이었습니다.

당연히 회사에서는 번역을 접할 기회가 거의 없었습니다. 시스템 개발팀, 매입팀, 온라인몰팀, 신규 쇼핑몰 개발팀을 거쳤으니 일본어 문서를 접할 일이 없었던 게 당연합니다. 고작해야 일본인이 했던 컨설팅 진행을 보조하면서 컨설턴트의 자료를 번역하거나 동종업계 벤치마킹을 위해 일본 출장을 갔을 때 일행에게 브로슈어와 이정표를 읽어 준 정도? 참, 취업 재수를 하면서 경정 사업부에서 아르바이트를 할 때 경정 교본을 번역하기도 했었군요. (보트 레이스, 즉 경정 시스템을 일본에서 수입했기 때문에 개발에 필요한 거의 모든 문서가 일본어로 되어 있었습니다) 번역본이라고 말하기도 민망한 그 문서를 매직아이를 하듯 눈 빠지게 읽어야 했던 당시 관계자 여러분께 새삼 죄송해집니다.

게임하듯 번역하기

번역에 관련해 기억에 남는 일화가 있긴 합니다. 1년 남짓 다녔던 두 번째 회사에서 있었던 일입니다. 옆 팀에 건축 관련 일본어 계약서가 하나 들어왔는데 제가 일본어를 한다는 걸 아는 친한 과장님이 번역을 부탁해 왔습니다.

옳다구나, 싶었죠. 마음이 변해 계약서를 다시 가져갈세라 얼른 빼앗아 번역하기 시작했습니다. A4 용지로 너덧 장쯤 되었을까요? 빽빽한 구성이어서 양이 적지 않았습니다만, 마침 하던 일이 한참 재미없었을 때라 열 일 제쳐놓고 정신없이 집중해서 자판을 두드렸습니다.

그런 저를 보고 지나가던 아는 직원이 물었습니다.

"노 과장님, 혹시 지금 게임해요?"

지금 생각해도 웃음이 나오는 말입니다. 아마 제가 눈을 번쩍이며 모니터에 빨려들 것처럼 집중한 채 전투적으로 자판을 두드리고 있었나 봅니다.

1~2시간 후에 초벌 번역이 끝나서 번역본과 계약서 원본을 가져다드렸더니 번역본을 대충 훑어본 과장님이 눈을 크게 뜨며 말했습니다. "우와, 벌써 이걸 다했어요? 세상에, 이런 대단한 능력자를 곁에 두고 몰라봤군요."

정말 기분 좋은 칭찬이었습니다.

곁눈질, 딴짓, 세상 밖으로

대학 재학 중이었던 1998년에 일본어능력시험뿐만 아니라 번역능력 시험에도 응시했던 것을 보면 번역가가 되고 싶은 마음은 그때부터였지만 현실적인 이유로 취업을 선택했던 것 같습니다. '배고픈 직업'이라는 막연한 생각, 정해진 경로가 없어서 어떻게 해야 할지 알 수 없다는 답답함 등이 도전을 뒤로 미룬 이유가 되었을 것입니다. 대학원은 앞에서 언급했듯이 원래부터 선택지에 없었고요. 하루빨리 경제적으로 독립해서 눈치 안 보고 살고 싶은 마음이 번역하고 싶은 마음보다 더 컸었는지도 모릅니다.

회사 일도 나름대로 재미있었습니다. 직접 자본을 들이

지 않고, 즉 망해서 본전을 까먹을 걱정 없이 이것저것 도전해 볼 수 있다는 점이 즐거웠습니다. 제가 조금만 더 부지런히 움직이면 실물이 움직이고 고객들이 그 실물을 사가고 매출이 오르는 현장감, 실재감이 좋았습니다. 모르던 것을 배우며 사회인으로, 사업을 실행하고 발전시키는 주체로 하루하루 성장함이 참 보람 있었습니다. 늦은 귀갓길에 동료들과 치맥을 나누며 공장 욕을 하는 재미도 쏠쏠했습니다. 통장에 잔액이 항상 남아 있는 것도 든든했습니다. 아무에게도 손을 벌리지 않고 필요한 것을 충분히 조달할 수 있다는 사실에 마음 편했습니다.

그러나 여전히 책이 좋고 글이 좋고 번역이 좋았습니다. 그래서 틈만 나면 검색 창에 '번역'을 입력해 보고, 간간이 뜨는 '초벌 번역으로 쉽게 돈 버세요'라는 광고 창을 클릭하여 상담을 받기도 했습니다. 지금은 '번역가 되는 법'에 대한 책이 많이 나와 있지만 그땐 그렇지 않았습니다. 그야말로 모든 게 오리무중이었죠. (안 그러고 싶은데 결국 '라떼는'을 늘어놓게 되네요) 게다가 회사원 신분이다 보니 시간이

나 마음의 여유도 없어서 여기저기 찾아다니며 문밖에서 기웃거리다 돌아서곤 했습니다.

한 번은 번역에 관심 있는 사람이라면 누구나 이름을 들어보았을 업체에 가서 테스트를 받았습니다. 초벌 번역으로 쉽게 돈 벌라던 그곳입니다. 그 결과 '지금 번역가로 일할 수준은 못 되니 일단 우리가 운영하는 학원에서 강의를 들어라. 그래도 일을 준다고는 장담할 수는 없다.'라는 피드백을 받았습니다. 상당히 긴 기간의 강의를 한꺼번에 신청해야 했고 수강료도 어마어마했던 데다 막연히 그 회사를 신뢰할 수 없다는 느낌이 들어서 단념했습니다.

아마도 번역가가 되고 싶은 마음이 그다지 간절하지 않았거나, 다른 정보가 전혀 없는 상태에서 그런 이야기를 들으니 방어적인 심리가 작용했던 것 같습니다. 일을 줄 것처럼 불러내 놓고 강의 수강 신청서를 내미니 거부감이 들었던 것도 사실입니다. 하지만 지금도 활발히 영업 중이고 그곳에서 만족스럽게 활동하는 분도 있다고 하니 제 판단이 섣불렀는지도 모르겠습니다. 저는 아직도 그곳을 잘 알지 못하니 각자의 판단에 맡기겠습니다.

다음번엔 아예 '번역 학원'을 찾아갔습니다. 애초에 일을 주지 않는다고 선언하는 곳, 정정당당하게 번역을 가르치는 대가로 돈을 받는 곳이 낫겠다고 생각했습니다. 회사 끝나고 갈 수 있는 강의를 찾았더니 S 번역학원이 나오더군요. 광화문이라 동네 분위기도 좋았고 제 마티즈를 무료로 세울 곳도 찾을 수 있었습니다. 일이 바빠져서 오래 다니지는 못했지만 강의는 재미있었습니다. 기억이 잘 안 납니다만, 번역 기술과 팁에 대한 강의를 들은 다음 각자 과제로 받은 원문을 번역하면 선생님이 첨삭해 주시는 방식이었던 것 같습니다.

하지만 사실은 저녁나절 어둑해진 광화문 거리에 차를 세울 때마다 느꼈던 여유로운 공기와 하루를 마감해 주던 하늘의 짙푸른 색이 오히려 강의보다 더 깊이 제 기억 속에 새겨져 있습니다. 지금 생각하면 그곳은 제게 '세상 밖'이었습니다. 원체 광화문 거리가 낭만적이긴 해도, 주차장에 서서 주위를 둘러볼 때마다 뭐랄까, 여행자가 고속도로 휴게소에 차를 세우고 벤치에 앉아 커피를 마시며 주변을 둘러볼 때의 안도감 같은 것을 느꼈거든요.

혼자였고, 나를 아는 사람이 없었고, 간간이 지나는 사람들은 일을 마친 뒤 약간 풀이 죽은 채로 온순하게 걷고 있었고 사방의 불빛은 따스했어요. 그리고 저는 좋아하는 공부를 하러 갈 참이었고요. 피곤한 몸으로 강의를 들으러 갔지만 오히려 그 시간은 저에게 치유의 시간이었습니다. 그야말로 '제사보다 잿밥'이었던 셈입니다.

그래도 선생님이 하신 말씀 하나만은 아직도 또렷이 기억에 남아 있습니다.

받은 과제가 체질에 잘 맞았는지 유난히 번역문이 술술 나왔던 날이었습니다. 지금도 제가 그날 한 방에 뽑아냈던 번역문이 어렴풋이 기억이 납니다. '낙엽이 나뒹구는 쓸쓸한 거리' 어쩌고저쩌고하는 문장이었습니다.

그 글을 본 선생님은 첨삭도 하지 않으시고 '소질은 있는데 일본 문화에 대한 이해가 부족해 보인다'라고 말씀하셨습니다. 그러고 나서 며칠 후, 저를 따로 불러내서는 "일본에서 공부해 보지 않을래요? 학교나 숙소, 필요한 것은 내가 다 알아봐 줄 수 있어요."라고 하시더군요.

하지만 회사 생활 5년 차로 나름대로 승진하며 열심히 일하고 있었고 개인적으로는 결혼을 앞두고 있을 때라 학원 선생님의 권유는 제게 큰 영향을 미치지 못했습니다.

선생님의 깊은 뜻이 무엇이었는지는 아직도 모르지만, (다분히 앞으로도 모르겠지만) '소질은 있는데 일본 문화에 대한 이해가 부족하다'라는 피드백은 제 모자란 부분을 정확하게 지적해 주는 동시에 자신감 없었던 저를 크게 격려해 주었습니다. 그때부터는 '부족한 점만 보강하면 나도 좋은 번역가가 될 수 있다'라고 생각하게 되었습니다.

책도 꽤 찾아 읽었습니다. 제일 유명한 《나도 번역 한번 해 볼까》와 일한 번역에 특화된 흔치 않은 책 중 하나인 《번역투의 유혹》을 제일 먼저 읽었습니다. 누군가 '한 분야를 조금 안다고 말하려면 관련된 책을 스무 권은 읽어야 한다'라고 말한 것을 듣고 책을 더 열심히 사들여 읽었습니다.

기술 번역의 장점과 실제를 이야기한 《돈 되는 번역 돈 안 되는 번역》, 영한 번역의 고전적 교본인 《번역의 공격과

수비》, 《번역의 탄생》, 도서 번역가의 노하우를 담은 《출판 번역가로 먹고살기》, 일한 번역 교본인 《처음부터 실패 없는 일본어 번역》, 번역이라는 일에 대한 심오한 고찰이 담겨 있는 《번역은 반역인가》, 번역가의 삶을 담은 에세이인 《번역은 내 운명》, 《번역에 살고 죽고》까지…. 나중에 회사를 그만두고 아카데미를 다닐 때 선생님의 추천을 받고 샀던 《나의 한국어 바로 쓰기 노트》, 《2010 열린책들 편집 매뉴얼》, 《번역자를 위한 우리말 공부》, 《내 문장이 그렇게 이상한가요?》, 《동사의 맛》도 책장의 가장 좋은 자리를 떡하니 차지하고 있습니다.

온라인에서 번역가 및 번역가 지망생들과 교류할 기회, 그리고 번역의 기회를 찾아다니기도 했습니다. 《나도 번역 한번 해 볼까》의 저자 김우열 선생님이 열고 운영하셨던 '주간 번역가' 카페가 대표적이었습니다. 주마다 후배 번역가와 번역가 지망생들을 위한 조언을 정성스럽게 담아 정기적으로 메일 매거진을 보내주셨던 김우열 선생님께 새삼 감사하는 마음입니다.

82년생 김지영의 선배 노○○의 회고

이 글을 쓰느라 과거 역사를 뒤지다 주간 번역가 카페에서 재미있는 것을 발견했습니다. 두 번째 회사에 다니며 가장 힘들었을 때 제가 올린 글이었습니다.

작자 미상의, '너의 빈손을 나에게 다오'라는 시가 있습니다. 교회에서 들은 것 같습니다만, 지금의 저에게 직접 하는 말처럼 깊이깊이 다가옵니다. 저처럼 뜨거운 꿈을 가슴에 품고서도 아직 직업 현장에서 분투하시는 분들과 함께 나누고 싶습니다.

"너의 빈손을 나에게 다오!

주님은 내가 그토록 귀중하게 여기던 것들을 하나씩 하나씩 거두어 가셨습니다. 눈부시게 아름답던 나의 보물들을 다 잃어버린 후 나의 손은 텅 비고 말았습니다.

'너의 빈손을 나에게 다오!'

이처럼 사랑스러운 주님의 음성을 듣기 전까지 더러운 옷을 걸치고 가난과 눈물 속에서 얼마나 방황하였는지요! 그러나 주님을 향하여 나의 빈손을 내밀었을 때 주님은 신비롭고 아름다운 주님의 보물들로 더 이상 감당할 수 없을 때까지 넘치도록 채워 주셨습니다. 어리석고 미련했던 나의 마음은 그제야 깨달았지요. 무엇인가로 이미 가득 차 있는 손은 하나님의 축복을 절대로 받을 수 없다는 사실을!"

그렇습니다. 일단 입은 옷을 벗어야 다른 옷으로 갈아입을 수 있습니다. 하지만 인간이란, 그 더러운 옷을 벗어버리기 전까지는 '더 더러운 옷밖에 못 입을까 봐' 또는 '아예 벗고 살아야 할까 봐' 두려워서 입은 옷을 벗지 못하는 나약한 존재임도 부인할 수 없습니다. 저는 특히 더 그런 것 같습니다.

번역가가 되기 위한 진정한 '출발'은 지금 그대로의 삶에 대한 '중단'일 것입니다. 멈추지 않으면 출발할 수도 없다, 저 스스로에게 밀어붙이듯 몇 번이고 되씹어 봅니다.

그래서 이렇게나 저를 힘들고 지치게 만드는 생활은 어찌 보면 용기 없는 저를 억지로 세상 밖으로 밀어내려는 고마운 손길인지도 모르겠습니다. 손에 조금이라도 더 좋은 것을 쥐고 있을수록 놓기가 힘들 테니까요. 어쩌면 이

번에도, 두어 번 그랬듯, '당분간'은 가던 길을 가도록 하자, 하고 추스르게 될지도 모르지만 말입니다. 그래도 '언젠가는 반드시' 갈 길입니다. 이 카페가 그 길을 좀 더 밝게 보여 주는 것 같아 정말 감사합니다.

이 글을 올린 지 6개월도 되지 않아 결국 퇴사했습니다. 조금만 더 버텼다가는 회사 대신 정신과로 출근하게 될 것만 같았거든요. 그리고 6개월간의 달콤한 백수 생활이 시작되었습니다.

백수 생활이 달콤할 수 있었던 것은 제가 엄밀히 말해 백수가 아닌 주부였기 때문입니다. 남편이 생활비를 충분히 벌어다 주고 있었으니까요. 집안일과 5살 아들의 육아를 도맡아야 했지만 회사에 다니며 아이를 돌볼 때와는 비교도 할 수 없이 편안한 요양 기간 같은 시간이었습니다.

아이를 어린이집에 보내 놓고 오후까지 혼자 있는 시간이 그렇게 여유로울 수가 없었습니다. 집안일을 후딱 끝내 놓은 다음, 맞벌이하는 동안 못 봐서 한이 맺혔던 온갖 드라마를 눈이 짓무르도록 봤습니다.

아이를 해가 뜬 뒤에 깨워서 천천히 아침을 먹이고 어린이집에 보냈으며, 해가 지기 전에 다른 아이들보다 먼저 집에 데려와서는 저녁을 챙겨 먹이고 조금 놀아 주다 씻기고 재웠습니다. 원래는 겨울철이면 해가 아직 뜨지 않아 깜깜할 때 어린이집에 등원했고 다른 아이들이 누군가의 손을 잡고 귀가할 때마다 실망해서 어깨를 축 늘어뜨리고 돌아서기를 무한 반복한 끝에 밖이 껌껌해지고 나서야 귀가했던 녀석입니다. 그래서 그런지, 그만한 변화로도 영영 말라 있을 것 같았던 몸이 포동포동해지더군요.

아이가 점심때마다 폭식을 한다며 상담을 받아보라고 선생님이 권하기도 했었는데, 제가 회사를 그만두자마자 그 버릇도 싹 사라졌습니다. 핏덩이일 때부터 5년이나 그 고생을 했으니, 지금 생각하면 아이가 저보다 더 힘들었을 것이 뻔해 이 글을 쓰는 지금도 가슴이 시큰거립니다.

생각해 보면 나름대로 재미있었던 회사 생활이 아이가 생긴 후 감당 못 할 지옥 훈련으로 돌변한 것은 다 제가 무식한 탓이었습니다.

교대 근무가 필수인 매장으로 발령이 날까 봐 아이 낳고 3개월 만에 복귀한 것도 미련했고 부부가 같은 회사에 근무하고 있어서 둘 다 야근을 많이 할 수밖에 없다는 걸 뻔히 알았으면서 아이를 어린이집에 맡긴 것도 무모했습니다. 젖이 모자라는 주제에 10개월간 모유 수유를 하겠다고 젖병에 유축기를 끼고 발버둥 친 제 행동도 지금 생각하면 한숨이 나옵니다.

애초에 양가 부모님이 육아를 전혀 도와줄 수 없는 현실을 인식하고 회사 생활을 어떻게 해야 할지, 아이를 어떻게 키울지 계획한 다음에 임신해야 했는데 말 그대로 아무 생각이 없이 임신한 것부터가 생각 없는 행동이었지요.

누울 자리도 안 보고 발부터 뻗은 꼴이었습니다. 예나 지금이나 얻어맞고 나서야 '아, 아프구나' 하고 깨닫는 미련한 낙천주의자입니다. 머리가 나쁘면 손발이 고생한다더니, 그게 딱 저 같은 사람을 두고 하는 말이겠지요. 게다가 누가 그러라고 한 것도 아닌데 육아를 혼자 감당하려고 애썼다는 사실이 지금 생각하니 왠지 모르게 서글프군요.

첫 번째 회사에서 버티고 버티다 한계에 슬슬 도달할 무렵 (고생담이 태산 같지만 구질구질한 한탄은 생략하겠습니다), 이직 제의가 들어왔습니다. 규모는 훨씬 작지만 육아와 병행하기 좋은 회사라면서요. 알아보니 과연 그렇더군요. 운명인가 싶어 냉큼 이직했습니다. 첫 번째 회사에서 최하위 고과를 받고 '이제 슬슬 나가라는 뜻인가?' 싶어 갈등하던 때이기도 했습니다.

그런데 웬걸. 실제로 회사 자체는 더없이 지루하고 안정적이었지만 정작 저를 채용했던 부서는 신사업을 개발하는 곳이라 밤낮이 없었습니다. 게다가 신규 사업 런칭 단계의 뜬구름 잡는 듯한 업무는 허세라면 질색하는 저와 전혀 맞지 않았습니다. 나름대로 노력했지만 주말에 출근하라는 지시가 내려온 지 얼마 되지 않아 결국 사표를 냈습니다. 남편도 평일 중 이틀을 쉬고 주말에 근무하는 중이어서 어린이집이 문을 닫는 주말에 아이를 돌볼 사람이 없었던 데다, 결정적으로 제가 너무 지쳐서 더는 아무것도 할 수 없는 지경이 되었기 때문입니다.

동료들이 저에게 "괜찮아요. 주말에는 우리가 자리를 채우면 되니 안 나와도 돼요."라고 했지만 그럴 수 없었습니다. 언제까지 배려받으며 쓸모없는 사람이 된 기분으로 버틸 수 있었겠습니까?

그래서인지 최근에 《82년생 김지영》을 읽고 나서 이렇게 감탄하게 되더군요.

'히야, 난 얘보다 상황이 훨씬 더 나빴는데도 멀쩡하게 살아왔으니 참 감사하구나.'

오히려 별생각 없이 몸으로 부딪치며 사는 인간이라서 별 탈이 없었던 듯합니다.

저도 김지영의 근처까지 갔다 오긴 했습니다. 주말에 겨우 쉬면서 남편을 회사에 보내고 종일 혼자 갓난아이를 돌보다 창밖으로 지는 노을을 바라볼 때마다 이유 없이 우울하고 눈물이 났었는데, 그게 가벼운 우울증 증세였던 모양입니다. 그러니, 대부분의 시간을 그렇게 멍하게 있을 여유도 없이 계속 뛰어다녀야 했던 것이 어쩌면 정말로 축복이었을지도 모르겠습니다.

건빵이 드디어 바닥났다

퇴사 후 6개월쯤 빈둥거리다 보니 어느 순간 지루해졌습니다. 슬슬 무언가 하고 싶다는 생각이 들기 시작했어요. 예상치 못한 외벌이의 길로 들어선 남편의 목소리도 항상 가시 돋쳐 있는 것처럼 들렸습니다.

그래서 '이제 드디어 번역을 시작해야겠다'라고 마음먹고 다시금 번역 학원을 찾았습니다. 이번에는 제대로 일로 연결될 수 있는 곳이 필요했습니다. '바른번역'에서 운영하는 '글밥 아카데미'가 대번에 눈에 띄더군요. 지금도 '한겨레 교육'의 '글터' 번역 강좌와 함께 검증된 번역 학교로 손꼽히는 곳입니다. 바른번역은 앞에서 소개한 《나도 번역 한번 해 볼까》의 저자 김우열 선생님과 《출판번역가로 먹고살기》의 저자 김명철 선생님이 함께 설립한 회사이기도 합니다.

일본어 번역 입문 과정을 듣기 시작했습니다. 토요일마다 4시간씩 진행되는 밀도 높은 강좌였습니다. 강좌 자체도 알찼지만 주중에 '글로 먹고살기'라는 바른번역 글밥아카데미 공식카페를 통해 수강생들과 함께 과제를 수행하고 서로의 글을 첨삭하며 선생님의 검사를 받는 과정도 큰 도움이 되었습니다. 번역가로서 데뷔하기 위한 현실적 노하우도 배울 수 있었습니다. 하지만 저는 입문반을 수료하지 못하고 중단하게 되었습니다.

강좌가 시작된 지 한 달쯤 되었을 때, 한 도서 번역 에이전시에 프리랜서로 지원했다가 샘플 테스트까지 통과하고 책 번역을 맡게 되었기 때문입니다. 큰 기대 없이 혹시나 하고 지원했는데 마침 유통물류에 관련된 책이 있어서 저한테 기회가 왔던 것 같습니다.

"샘플 번역에 통과하셨습니다. 번역 잘하셨던데요? 원서를 보낼 주소와 통장 사본 부탁드립니다."라는 전화를 받았던 날의 얼떨떨함을 아직도 생생히 기억하고 있습니다.

아카데미 수업 날, 선생님께 에이전시를 통해 책을 맡게 되었다고 말씀드렸습니다. 괜찮은 회사인지, 첫걸음을 이렇게 떼는 것이 좋을지 여쭤보고 싶었는데 선생님은 대번에 '기회가 아무 때나 오는 것이 아니니 열심히 하라'고만 하셨습니다. 그리고 아카데미 수업과 일을 병행하기 어려울 테니 사무실에 말해서 환불을 받게 해 주겠다고 하시더군요. 이것저것 생각할 겨를 없이 선생님 말씀대로 했습니다.

그 후로 10년이나 첫 회사와의 인연을 이어가고 있습니다. 첫 책을 마감한 후 6개월쯤 지나서 두 번째 책을 맡았고 그 후로 책이 없는 채로 지내는 시간이 점점 줄어들었습니다. 3년 차부터는 거의 쉬지 않고 일한 것 같습니다.

올해 들어 조금 한가해지기는 했지만 작년까지만 해도 하나의 책을 마감하기 전에 다른 책을 계약하는 경우도 꽤 있었습니다. 잠시 쉴 때는 리뷰나 발췌 작업을 했습니다. 그러다 보니 이렇게 역서가 많아지게 되었군요. 번역 속도도 빨라져 전에는 200여 쪽의 자기계발서를 한 달에 한 권 겨우 번역하던 것이 지금은 두 권까지도 번역할 수 있게 되었습니다. 얼마 전부터 수정 요청이 거의 들어오지 않는 것을 보면 원고 품질도 어지간히 향상된 것 같습니다.

건빵을 먹을 때 별사탕을 제일 먼저 먹어 치우는 사람이 있고 아껴 뒀다가 마지막에 야금야금 먹는 사람이 있습니다. 저는 번역이라는 별사탕을 마지막까지 소중히 품고 있다가 이제야 조금씩 꺼내 녹여 먹는 중인지도 모르겠습니다. 죽을 때까지 이 달콤함을 음미하고 싶어지네요.

새로운 날들

에이전시와 출판사

에이전시의 일을 하면서 알음알음으로 출판사의 일도 조금씩 병행해 왔습니다. 확실히 출판사의 번역료는 후합니다. 영세한 출판사라 초보 수준으로 번역료를 책정했을 때도 에이전시와 거래했을 때보다 훨씬 많은 금액을 받았습니다. 에이전시 역시 번역료를 꾸준히 올려주기는 하지만 소개료, 교열비, 관리비 등 이런저런 명목으로 수수료를 공제하므로 번역가에게 지급하는 번역료가 출판사와 직접 계약을 할 때보다 적을 수밖에 없습니다.

대신 에이전시는 출판사와의 연락, 세세한 문의, 일정 조정 등 자질구레한 일을 다 처리해 주고 입금도 보장해 주어 번역가를 번역에만 집중할 수 있게 해 줍니다. 초보 번역가에게 기회를 많이 주기도 하고 어느 정도 연차가 쌓인 번역가에게 안정적으로 일감을 공급해 주기도 하지요.

에이전시의 일도 계속하면서 꾸준히 거래할 출판사를 찾기 위해 노력하고 있습니다. 당연히 수입을 늘리기 위해서입니다. 물론 마감 기간을 제외하고 (마감 주간에는 하루에 최소 8시간, 최대 20시간까지 일합니다) 평소에 4~5시간씩 일하던 것을 8시간으로 늘려 풀타임 근무로 전환한다면 지금과 같은 체제로도 수입을 늘릴 수는 있을 겁니다. 그러나 장기적으로 보면 다양한 거래처를 확보하는 것이 발전과 안정을 동시에 도모하는 길이 아닐까 합니다. 노동 시간은 무한정 늘릴 수 없으니까요. 기술 향상과 함께 거래처 다변화가 필요한 시점입니다.

어쩌면 에이전시의 계약서에 기재된 '당사를 통해서 거래했던 출판사와의 직거래는 금지한다'라는 조항에 신경이 쓰인다는 분도 있을지 모르겠습니다. 하지만 괜찮습니다. 우리나라에 출판사가 얼마나 많습니까? 에이전시와 엮이지 않았던 새로운 출판사를 얼마든지 찾을 수 있습니다. 그중에 꾸준히 일감을 줄 곳을 한두 군데만 확보해도 번역가로서 사는 삶이 상당히 달라질 것입니다. 그러니 에이전시와 거래하면서 초기부터 출판사와의 거래를 확보하려고 노력하는 것이 좋습니다.

다만 아쉽게도, 신규 거래처를 개척하기 위해 어떤 방법이 가장 효율적인지는 저도 아직 꼭 집어 이야기할 수 없습니다. 번역하고 싶은 책을 찾아 기획서를 만들어 출판사로 보내라는 사람도 있고 그래봤자 저작권 정보가 없으면 헛수고만 하기 십상이라는 사람도 있습니다.

고전적으로 이력서를 대량으로 보내는 방법도 자꾸 시도하다 보면 결실을 볼지 모릅니다. 블로그나 브런치 등의 플랫폼에서 자신을 홍보하는 것도 도움이 될 테고요. 기회가 되면 다음번에는 제 경험담을 정리하여 말씀드릴 수 있으리라 생각합니다.

참고로, 에이전시도 각각 계약 조건이 다르니 주의하셔야 합니다. 수수료 수준이 20%~40%로 다양한 데다 다른 에이전시와의 중복 거래를 아예 금지하는 곳도 있고 에이전시를 통해 거래했던 출판사와의 접촉을 엄격하게 규제하는 곳도 있으며 회사에 병설된 강좌를 수료해야만 소속 번역가로 받아주는 곳도 있으니 상세한 조건을 최대한 미리 확인할 필요가 있습니다. 그리고 제가 지금까지 지켜본 결과, 일반적으로 수수료를 많이 떼는 곳은 일감이 많아서 신인들에게 기회가 많이 돌아가고 수수료를 적게 떼는 곳은 일감이 제한적이어서 기회를 잡기가 상대적으로 어려운 듯합니다.

어쨌거나 결국 '기회가 아무 때나 오는 것이 아니니 불러주면 열심히 하게 되는 것'이 현실이겠지만, 상황을 명확히 알고 시작하는 것과 모르고 시작하는 것에는 큰 차이가 있을 것입니다.

요약하자면 에이전시를 통해 4~5권쯤 출간한 후 직거래를 조금씩 늘리라는 것입니다. 그러기 위해 앞에서 언급한 번역가들이 모이는 네이버 카페 '주간 번역가' 같은 인적 네트워크를 적극적으로 활용하여 최신 트렌드와 번역계 관련 정보를 부지런히 업데이트하시기 바랍니다.

다시 한번 세상 밖으로

사실 저로서는 무척 부끄러운 이야기를 지금부터 해야 할 것 같습니다. 10년간 다닌 회사를 그만둘 때 '아예 벗고 지내야 할까 봐 더러운 옷을 벗지 못하는 나 자신'을 한심해했으면서, 번역에서도 10년간 똑같은 모양으로 안주하고 있었다는 고백을 해야 하기 때문입니다. 그래서 저보다 경력이 훨씬 적은 후배님들이 이 글을 읽고 '이런 답답한 사람이 있나'라며 고개를 저을까 봐 걱정됩니다.

처음에는 번역을 하고 제 이름이 새겨진 책이 나온다는 것이 마냥 신기하고 행복했습니다. 번역료도 쑥쑥 올랐습니다. 그러다 5년 차부터 번역료 인상 빈도가 현저히 낮아지면서 무언가 정체되는 느낌이 들기 시작했습니다.

하지만 꼬리에 꼬리를 물고 들어오는 책을 소화하다 보면 시간이 훌쩍 지나 있곤 했습니다. 조금 한가한 틈에 다른 거래처를 물색하려고 몸을 풀다 보면 금세 다음 책이 들어와 저를 재촉하는 통에 한눈을 팔 여유가 없더군요.

역서는 쭉쭉 늘어나는 반면 저는 보이지 않는 쳇바퀴에

갇힌 것 같은 형국이었습니다. '중요하고 급하지 않은 일'보다 '급한 일'에 치우치기 쉬운 데다 큰 스트레스만 없으면 현재 상황에 만족하고 마는 습관이 제 엉덩이를 한없이 무겁게 만들었던 모양입니다. 제대로 배우고 준비할 겨를도 없이 빠른 시기에 일을 시작하게 된 것, 생계를 책임지지 않아도 되었던 것도 하나의 원인이겠죠.

무엇보다, 제가 번역을 너무 좋아했습니다. 예나 지금이나 '밀당'과는 거리가 먼 인생입니다.

에이전시와 일하는 동안 일감 걱정이 없었고 다른 잡다한 일에 신경 쓸 필요가 없어 편했던 것도 사실입니다. 10년간 번역료 입금 문제로 스트레스를 받은 적이 단 한 번도 없었을 정도니까요. 심지어 출판사가 사라지더라도, 에이전시는 계약된 번역료를 3개월 후에 반드시 지급합니다.

어쩌면 하루 서너 시간 일하면서 풀타임 직장인과 비슷한 수입을 원하는 것이 오히려 도둑 심보일 수도 있겠지요. 게다가 기한을 엄청나게 빡빡하게 주는 에이전시 일의 특성 때문에 번역 속도가 전과 비교할 수 없이 빨라지는 등 전투력이 강해졌다는 이점도 있을지 모르겠습니다.

그래도 어쨌든 한 가지 확실한 것은, 제 엉덩이가 너무 무거웠다는 사실입니다. 번역은 엉덩이로 하는 것이라는 말을 자주 듣는데, 그런 점에서는 저만큼 번역에 적합한 사람도 없겠군요.

더는 안 되겠다 싶어 작년부터 블로그에 글을 쓰기 시작했습니다. 누추한 오두막 같은 공간이지만 역서 출간도 알리고 독서 감상도 나누고 일상도 기록하면서 그동안 무뎌졌던 펜촉을 조금씩 다듬고 있습니다. 실제로 블로그를 보고 연락하여 일을 맡겨 주신 출판사도 있었습니다. 제게 기분 좋은 변화를 가져다준 이 책의 집필을 의뢰받은 것도 블로그에 무엇이라도 끼적이고 있었던 덕분일 것입니다.

최근에는 번역가 커뮤니티와 1인 출판사 커뮤니티에도 다시 드나들기 시작했습니다. '이 무한한 정보의 보고를 내가 왜 그동안 잊고 있었을까?' 싶어 안타깝습니다.

앞으로는 계속 귀를 열어 놓고 틈이 나는 대로 느낌이 통하는 출판사에 이력서를 넣어 보려 합니다.

즐겁고도 당당한 도서 번역의 세계

그러고 보니 신기하다는 생각이 듭니다. 저는 처음부터 번역가가 되는 것이란 곧 도서 번역가가 되는 것으로 생각했습니다. 기술 번역이나 문서 번역 쪽은 생각조차 해 보지 않았고 만화나 일본 드라마를 즐겨 보았으면서도 만화 번역, 영상 번역에 발을 담글 생각을 해 보지 않았습니다. 정보가 전혀 없기도 했지만 도서 번역 일에 만족하고 있어서 주변을 두리번거릴 마음이 별로 없었기 때문일 것입니다.

지금까지 일하며 느꼈던 도서 번역의 장점이 몇 가지 있습니다. 업무 시간의 자유로움, 조직의 논리나 인간관계에 얽매이지 않고 혼자 일하는 편안함, 일한 만큼 버는 사람으로서의 떳떳함, 좋아하는 일을 하면서 전문성을 향상시킬 수 있다는 점 등은 다양한 프리랜서 직종에 공통되는 장점일 텐데, 그런 것 말고 번역 중에서도 도서 번역만의 장점으로 꼽을 수 있는 것이 지금 두 가지쯤 떠오릅니다.

첫째는 특정 회사나 단체가 아니라 일반 대중에게 유통되는 책에 자신의 이름이 떡하니 박힌다는 것입니다. 이름이 들어간다는 것은 그 책을 만드는 데 상당한 기여를 했다는 뜻입니다. 책을 좋아하고 배우기를 좋아하는 사람이라면 이만큼 기쁜 일이 또 있겠습니까?

둘째는 작업 기간이 길다는 것입니다. 여백이 많은 200쪽짜리 자기계발서라면 2주 정도로도 가능하겠지만 보통은 한 권에 한 달 정도를 작업량으로 잡습니다. 분량이 많거나 내용이 어려운 책의 경우 최대 2달까지도 작업합니다. (물론 제 경우입니다) 그래서 작업에 완급을 주기가 수월합니다.

또 개인적인 일이 있어도 그 일정을 고려하여 작업 스케줄을 조정할 수 있습니다. 저는 호흡이 긴 책을 번역할 때는 초벌을 되도록 서둘러 마친 후 최대한 일주일 정도는 일을 아예 덮어놓고 머리를 식히거나 다른 책을 작업하다가 퇴고에 들어갑니다. 그래야 제 원고를 남의 글처럼 볼 수 있어서 퇴고가 편해지기 때문입니다.

계속 같은 원고만 들여다보고 있으면 이 말이 저 말 같고 알던 말도 낯설게 보여서 시간만 낭비하게 되니 '아, 게슈탈트 붕괴가 이런 것인가'라는 한탄이 절로 나옵니다. 아닌 게 아니라, 퇴고하다 보면 어느 순간 '머리가 이상해지는 것 같다'라는 기분이 들어서 억지로라도 중간중간 휴식을 취하게 됩니다. 저만 그런 것은 아니겠지요?

어쨌든 이렇게 호흡이 긴 일을 하다 보면 무언가 하나의 프로젝트 또는 하나의 서사를 내 손으로 완성한다는 느낌으로 가슴이 뿌듯해집니다. 그뿐만 아니라 손으로 만질 수 있는 실물로 그 작업의 결과를 확인할 수 있는 점 또한 제 취향에 딱 맞는 듯합니다.

도서 번역가는 기한 내에 문법이나 내용의 오류 없이 번역하는 것은 물론, 독자들이 편하게 읽을 수 있는 문장을 만들어야 합니다. 또한, 내용이 명확하고 단순하게 전달되도록 문장을 곧게 펴고 원문의 분위기를 되도록 살려야 합니다. 원문에서 다루지 못한 설명까지 독자의 편의를 위해 보태는 등 신경 써서 원고의 품질을 올릴 의무가 있습니다. 무엇 하나 게을리할 수 없는, 정말로 피곤하게 사는 사람들이죠.

도서 번역가는 책을 쥐고 있는 동안만은 책의 전체적인 방향성에서부터 세세한 숫자나 조사, 맞춤법까지 돌보는

이름이 들어간다는 것은 그 책을 만드는 데
상당한 기여를 했다는 뜻입니다.

책을 좋아하고 배우기를 좋아하는 사람이라면
이만큼 기쁜 일이 또 있겠습니까?

사람, 즉 숲과 나무를 동시에 다루며 한 권의 책을 완전히 책임지는 사람입니다. 쓰다 보니 어쩐지, 거주하는 동안에는 집을 실질적으로 소유하고 책임지는 전세 세입자 같다는 생각이 드는군요.

정확한 표현인지 모르겠지만 '과정의 완전성과 주체성'이라는 말로 이 특징을 요약하면 어떨까 싶습니다.

위험하고도 비장한 도서 번역의 세계

그런데 저는 최근 들어 특이한 현상을 경험하기 시작했습니다. 한 권을 마감하고 나면 이전의 기억이 사라진다는 것입니다.

실제로 마감 들어가기 전에 주변 사람들과 나누었던 대화에 대한 기억이 마감 이후 싹 사라져 버리는 경험을 몇 번이나 했습니다. 정말 거짓말같이 깨끗이 지워지더군요. 그렇다고 중요한 기억이 다 사라지는 것은 아니고 친구들과 잡담했던 내용을 잊는 정도에 불과해서 아직 별다른 사고는 일어나지 않았습니다. 하지만 칼로 도려내듯 기억이 깨끗이 사라지는 것이 조금 무섭기도 합니다. (병원에 가 봐야 할까요?)

그만큼 한 권의 책을 통째로 끌어안고 씨름하는 데에 뇌의 넓은 영역이 동원되는 모양입니다. 그 책 속에 완전히 빠져서 잠을 자면서도 번역을 하고 퇴고를 할 정도이니 뇌가 꽉 차서 이전의 기억이 사라지는 것도 무리는 아니겠지요.

번역 이외의 일상 기억도 사라지지만 번역한 책의 내용도 기억에서 사라집니다. 암기 과목 시험을 볼 때 시험지를 덮는 순간 공부한 내용이 머릿속에서 싹 사라지는 것처럼, 다음 책을 받고 번역하기 시작하면 이전 책의 기억도 금세 사라집니다. 다음 책의 기억이 이전 기억 위에 덮어쓰기가 되어 버리는 것입니다. 마치 제 머리가 컴퓨터의 메모리가 된 것 같습니다. 용량이 그다지 크지는 않지만 말입니다.

'프리랜서 번역가'로서의 생활은 행복합니다. 다시 '회사원 주부'로 돌아가라고 한다면 손사래를 칠 것입니다. 그렇지만 '프리랜서 주부' 또는 '프리랜서 맘'으로서의 생활도 쉽지만은 않습니다. 프리랜서란 이것도 저것도 놓치지 않으려다가 몸을 해치는 부류라고 생각합니다. 성격 차이는 있겠지만 모든 프리랜서 주부가 비슷한 고충을 겪고 있겠지요.

마감에 돌입할 때마다 제가 하는 일이 있습니다. 냉장, 냉동식품을 잔뜩 주문해서 냉장고에 채워 넣습니다. 마감하다 보면 하루 이틀 밤을 예사로 새는지라 (왜 이리도 매번 시간이 모자라는지…) 밥을 제대로 해 먹을 시간이 없습니다. 그런데도 가족들은 천하태평입니다. 어쨌든 엄마가 집에 있다는 거죠. 나 원, 참.

밤을 꼴딱 새우고 날이 훤해질 무렵 책상을 떠나 비틀거리며 주방으로 가서 유령 같은 얼굴로 아침을 차릴 때마다 수명이 일 년씩 줄어드는 기분입니다. 그래도 회사에 다니며 속을 새까맣게 태우던 시절을 생각하면 지금이 낫다고 생각합니다. 부지런히 움직여서 진도를 미리 빼놓으면 될 일이고 다음 책부터는 꼭 그렇게 할 테니까요. 꼭!

가장 곤란한 점은 주변과의 관계입니다. 위에서도 가족

들의 태평함을 말했지만 친구들을 비롯한 모든 주변인이 저를 전업주부로 취급할 때가 많습니다. 친구들은 한창 바쁠 때 자꾸만 불러내고 (내일부터 더 열심히 일하면 되잖아. 그냥 나와!) 남의 편은 집안일과 자질구레한 잡일을 다 저한테 미루고 (어제 늦게까지 일했어? 수고 많았어. 아! 배고프다. 아침은? 그리고 오늘 세탁소에 좀 들러 줄 수 있어?) 아이도 저한테 의지하기 바쁩니다. (엄마, 나 학원 늦었어, 차로 데려다줘! 준비물 까먹었어, 학교 앞으로 가져다줘!) 냉정하지 못해서, 또는 욕먹기 싫어서 이런 부탁, 강요, 권유에 휘둘리다 보면 결국 마감 때 밤샘을 피할 수 없습니다.

게다가 집에서 일하다 보면 신경을 극도로 곤두세우고 원고와 마지막 씨름을 해야 할 때조차 완전히 집중하기가 힘듭니다. 사태의 심각성을 모르는 가족들이 다정하게 말을 걸어올 때마다 저도 모르게 신경질을 부리게 되어 쓸데없는 갈등을 일으킬 때도 있었습니다.

집중해서 일할 때는 옆에서 문 열리는 소리만 들려도 깜짝깜짝 놀랄 정도로 예민해지니 저도 어쩔 수가 없습니다. 편히 쉬며 서로 대화해야 할 집에서 제 눈치를 보는 가족들도 힘들긴 마찬가지겠지요. 그래서 많이 바쁠 때면 짐을 싸 들고 가까운 카페로 피신하곤 합니다. 그리고 집에 돌아와 가족들이 다 잠들기를 기다려 밤을 새웁니다. 처량하지만 어쩔 수 없는 일입니다.

모든 프리랜서 재택근무자가 그렇겠지만, 일할 시간을 확보하는 것은 무척 중요합니다. 그렇지 않으면 결과물의 질이 떨어지거나 마감을 어기게 되어 신뢰도가 하락하기 때문입니다. 프리랜서는 일하는 만큼 벌 수 있으니 일에 쓰는 시간이 곧 수입과 연결됩니다.

저도 이런저런 과정을 거치는 중입니다. 아이가 어릴 때는 어린이집에 보내 놓고 일을 진득하게 할 수 있었는데, 커서 유치원을 다니고 학교에 다니게 되니 오히려 귀가 시간이 앞당겨져 제시간이 더 줄어들더군요. 한때는 태권도, 피아노 학원에 데려다주고 학원 앞 카페에서 일하다가 아이를 집에 데려오기도 했습니다. 수업 시간이라고 해봤자 한 시간 정도인데, 그 짧은 시간에 얼마나 비장하게 일했는지 모릅니다.

아이가 저보다 더 커 버린 지금, 이제 좀 넉넉한 시간이 확보되려나 싶었는데 웬걸요. 코로나 사태로 아이가 집에 딱 붙어 있게 되고 남편이 정시에 퇴근하기 시작한 후로 집안일이 딱 3.5배로 늘었습니다. 게다가 제가 체력이 예전 같지 않습니다. 밤샘은커녕 11시만 되어도 책상 앞에서 꾸벅꾸벅 졸기 일쑤입니다. 이래저래 일할 시간을 확보하기가 쉽지 않네요. 당최 진화를 멈출 수가 없는 프리랜서입니다.

글을 맺으며

그럼에도, 도서 번역

사회 초년생 때의 일이 생각납니다. 통·번역 대학원을 나와 부업으로 번역을 하던 친구의 부탁으로 어떤 책의 일부를 번역한 적이 있었습니다. 교육 및 발달에 관한 책이었던 것 같은데, 제가 맡은 부분이 뇌과학 실험에 관한 내용이어서 문외한이 번역하기에는 쉽지 않았습니다. 심지어 퇴근 후에 피곤한 몸으로 PC 앞에 앉아 있으려니 어찌

나 졸음이 쏟아지던지요. 하지만 저는 그 일이 마냥 재미있었습니다.

통역을 주업으로 삼고 있던 친구는 '이건 일본어로 엔을 버는 게 아니라 그냥 앵벌이야'라며 투덜댔지만 저는 속으로 '엔벌이든 앵벌이든, 난 이 일을 하고 싶다'라고 생각했습니다. 친구에게 보냈던 번역문은 번역 회사에서 난도질을 당한 상태로 돌아와 친구를 거쳐 다시 저에게 당도했습니다. 지금 생각하면 교열자가 제가 번역한 부분을 읽으면서 얼마나 분통이 터졌을지 상상이 가는 터라 죄송하기 짝이 없습니다. 저 때문에 그날 혈압이 꽤나 올랐을 것입니다.

시간이 흘러 회사를 그만둔 후에 전화를 걸어 '번역을 해볼까 한다'라고 말했더니 그 친구는 저를 말렸습니다. 돈은 적게 벌고 고생은 많이 하는 일이라는 것입니다. 그때나 지금이나 그 말이 사실이라는 것을 잘 압니다. 그럼에도 저는 이 길을 선택해서 꾸준히 가고 있습니다.

10년이 지난 지금도 저는 번역이 재미있습니다.

한번 시작하면 시간 가는 줄 모르고 집중합니다. 어려운 문장을 풀어내야 하거나 방대한 자료를 검색해야 할 때면 머리를 쥐어뜯고 싶은 심정이지만 그렇게 집요하게 매달려 문제를 풀어나가는 과정에서 성취감을 느낍니다.

제 노력이 담긴 책을 택배로 받을 때는 매번 설렙니다. 역서 하나하나가 다 자식 같습니다. 요즘 특히 어려운 책들을 많이 번역했는데, 힘들게 번역한 책일수록 더 소중하다는 것을 실감하는 중입니다.

여담이지만, 이 원고를 집필하는 중에 그렇게 힘들게 번역한 책 중 하나인《오스만 제국》이 대형 인터넷 서점의 '오늘의 책'으로 선정되어 메인 화면에 떡하니 걸렸습니다. 기분 좋은 변화가 연달아 일어나면서 어쩐지 마음이 설레는 요즘입니다.

후배님들과 고마운 분들께

이 글을 쓰는 데에는 생각보다 시간이 오래 걸렸습니다. 언제나 생각나는 대로 휘갈겨 쓰는 편이라 금세 끝낼 수 있을 거라 생각했지만 제 생각이 틀렸더군요. 삶 전반을 돌아봐야 해서 중간중간 상념에 빠지게 되었으며 자료를 이것저것 찾아보게도 되었기 때문입니다. 그 덕분에 일기를 열 페이지씩 쓰던 사춘기 때처럼, 진지하게 지금 제가 있는 위치를 파악하고 앞으로 갈 곳을 그려 보게 되었습니다.

많은 사람에게 선보인다는 마음으로 글을 쓰는 것은 어릴 때 백일장에 출전할 때 빼고는 거의 처음이 아닐까 합니다. 그러나 본질적으로 이 글은 제 일기와 크게 다르지 않습니다. 펜 가는 대로, 있는 그대로, 생각나는 대로 썼습니다. 거창한 결심이 있어서라기보다는 이렇게밖에 쓸 수 없었다고 말하는 게 맞겠군요.

그래서 무척 조마조마합니다. 뭔가 실수라도 하지 않았나 싶어서요. 게다가, 쓰다 보니 모자라는 글짓기 실력이 어쩔 수 없이 드러나는 듯합니다. 부디 너그럽게 이해해 주시기를 바랍니다.

글을 시작할 때는 후배님들께 용기를 주고 싶다는 마음

10년이 지난 지금도 저는 번역이 재미있습니다.

한번 시작하면 시간 가는 줄 모르고 집중합니다.
집요하게 매달려 문제를 풀어나가는 과정에서
성취감을 느낍니다.

이 컸습니다. 그러나 글을 맺는 지금, 제 글 때문에 오히려 용기가 꺾이는 건 아닌지 염려가 됩니다.

또 제가 노는 물은 아주 좁습니다. 경험도 매우 한정적입니다. 그래서 어떤 도움이 될지 염려되는 마음이지만 혹시라도 저와 비슷한 상황에 처한 분이 있다면 어느 정도 참고가 되지 않을까 생각합니다. 그분들이 제 개인적인 경험에 공감하면서 자신의 상황과 마음, 장래 계획을 짚어 볼 수 있다면 기쁘겠습니다.

지금도 상황은 예전과 같아 보입니다. 출판계는 점점 축소되고 있는데도 도서 번역 지망생은 여전히 많아서 평균 번역료가 오를 전망은 보이지 않습니다. 한편 다행인지 불행인지 번역가 간의 교류가 예전보다 활발해졌고 번역의 실전 노하우를 가르치는 선생님들도 조금 더 많아져서 신진 번역가들이 점점 더 많이 배출되는 것 같습니다.

출판계, 번역계 그리고 도서 번역계는 앞으로 어떻게 될까요? AI 번역이 활성화되는 것을 보면 상황이 더욱 나빠진 것일지도 모르고 이문화간 교류가 더욱 활발해지고 미디어 번역의 수요가 점점 늘어나는 것을 보면 전체 번역계의 상황이 나아지고 있다고 볼 수도 있겠습니다.

출판계의 축소를 오디오북이나 전자책의 성장이 메울지, 아니면 오히려 시장을 깎아 먹을지도 조금 더 지켜봐야겠지요. 여기서 구체적인 데이터를 들어 설명하기는 어렵지만, '도서 번역으로만 먹고 살기 어려우니 다른 일을 병행하라'고 말하는 현역들이 늘어나는 것을 보면 녹록지 않은 상황인 것만은 확실합니다.

이런 상황 속에서, 예전의 저처럼 현실적인 이유로 꿈을 향한 첫걸음을 미루고 있는 후배님도 적지 않을 듯합니다. 그런 분들에게 '용기를 내서 도전하라'고 등을 떠밀 생각은 없습니다. 다행히 번역이란, 나이가 몇이어도 도전할 수 있는 일이니까요. 물론 굳어진 머리와 떨어진 체력이 불리한 요소로 작용할 수는 있지만 관심을 놓지 않고 계속 공부하면서 건강을 관리한다면 감각도 체력도 그대로 유지할 수 있을 것입니다.

오히려 저처럼 다른 직종의 실무 경험을 쌓고, 즉 번역가로서는 경험할 수 없는 것을 미리 경험하고 번역가가 되는 것도 나쁘지 않다고 생각합니다.

한 분야를 깊이 안다는 것은 번역가에게 큰 강점으로 작용합니다. 기술 번역에서뿐만 아니라 도서 번역에서도 마찬가지입니다. 회사원으로 살았던 저의 10년 역시 결코 의미 없는 시간이 아니었습니다. 재미있게 보낸 시간은 어떻게든 피가 되고 살이 되더군요. 회사 생활을 하는 동안 사회인으로서의 올바른 자세에 대해서도 배울 수 있었습니다.

현실적으로는 생활의 기반이 될 만한 다른 일을 확보해 놓고 번역과 병행하는 것도 하나의 대안이 될 수 있습니다. 회사에 다니면서 강좌를 듣고 번역 관련 인터넷 카페에서 활동하고, 부업으로 조금씩 일을 해 가며 운명이 자신을 벼랑 끝으로 몰아갈 때를 기다려도 됩니다.

물론, 일찍부터 제대로 공부하고 준비하여 실력 있는 번역가로 빨리 두각을 드러내는 것은 더더욱 멋진 일이겠죠. 20대로 돌아갈 수 있다면 저도 용기를 내어 좀 더 일찍 도전할 것입니다. 그런 분들이 풍부한 네트워크, 광범위한 활동으로 번역계를 이끌며 많은 후배들의 롤 모델이 되어

주시기를 바랍니다.

마지막으로 구석에 콕 박혀 있던 저를 끄집어내 주신 세나북스 최수진 대표님께 진심으로 감사드립니다. 대표님뿐만 아니라 이번 프로젝트에 함께 참여했던 동료 번역가님들과의 교류가 계속 이어졌으면 하는 마음입니다.

두서없는 글을 끝까지 읽어 주셔서 감사합니다. 제 이야기를 읽은 분들이 번역에 대한 애정이 더 깊어지고 앞으로의 인생에 더 용기를 낼 수 있기를 간절히 바라며 펜을 내려놓습니다. 번역가 후배님과 지망생 여러분께 온 마음을 담아 축복과 응원을 보냅니다.

매일 좋아하는 일을
한다는 것

일본어 번역가 김지윤

우연히 알게 된 번역의 매력에 푹 빠져 이제는 매일 번역과 함께하는 삶을 살고 있다. 철학서, 심리학서, 정신의학서 등 인문학 서적을 두루 옮긴다. 원문에 얽매이지 않는 자연스러운 번역을 추구하면서도 저자의 그림에 지나치게 색을 덧입히지 않기 위해 애쓰고 있다.
옮긴 책으로는 《이방인-세계의 변방을 여행하다》, 《혼자서도 잘하는 아이 여유롭고 느긋한 엄마》, 《그렇다면, 칸트를 추천합니다》, 《여자아이는 정말 핑크를 좋아할까》, 《민감한 나로 사는 법》, 《카를 융, 인간의 이해》, 《애착은 어떻게 아이의 인생을 바꾸는가》, 《나는 괜찮은데 그들은 내가 아프다고 한다》, 《죽은 철학자의 살아있는 인생 수업》, 《혼자가 되어야만 얻을 수 있는 것》 등이 있다.

인스타 @hakoching
블로그 blog.naver.com/yeyejapan
유튜브 해밀티비

꿈만 먹고 살아도 배부르다

김지윤

나의 시작, 어떻게 출판 번역가가 되었나?

자발적 경단녀의 새 출발

님아, 그 부담스러운 눈빛을 거두어주오

"무슨 일 하세요?"

"책 번역해요."

"우와!"

그때부터 눈빛들이 달라진다. 엄마들은 동경 어린 시선으로 나를 바라보며 주로 '외국어 잘하는 사람, 진짜 부럽다'라는 이야기를 시작하곤 한다. 아이들 어린이집이 바뀔 때마다 겪는 일이다. 매일 엄마가 등·하원 시키는 걸 보고 휴직 중인 직장인이거나 가정주부인 줄 알았는데 전문직 여성이라고 하니 왠지 멋있어 보이나 보다.

그런데 사실 무슨 대단한 기술이 있는 것도 아닌지라 부럽다는 반응과 갑자기 쏟아지는 관심이 부끄러울 때도 있다. 나는 대한민국의 평범한 엄마다.

내가 유일하게 잘하는 게 있다면 '일본어 머리'를 굴리는 일이다. 고등학교 때부터 일본어에 관심을 가져왔고 그 관심이 대학교 때까지 이어져 타과생이었음에도 일본으로 교환학생을 다녀오기도 했다. 물론 그 과정이 결코 쉽지는 않았다. '왜 철학과 학생이 일본에 가려고 하냐'는 일본어과 교수님의 압박 면접을 뚫어야 했으니 말이다.

대학을 졸업한 뒤에는 1년의 단기유학도 다녀왔다. 원래는 대학원 과정을 마치고 돌아올 생각이었는데 교통사고라는 뜻밖의 변수를 만나, 설렘과 기대를 안고 떠났던 유학을 1년 만에 접어야 했다. 당시에는 어렵게 준비한 유학이 한순간에 끝나버렸다는 사실이 너무나도 허무해서 어떤 일을 다시 시작할 의욕이 나지 않았다.

내가 일본에서 명문으로 통하는 와세다 대학교 대학원에 다니게 되었다고 내심 뿌듯해하던 주변 사람들은 유학이 무산되었다는 소식에 나보다 더 안타까워했고, 나는 이런 반응에 왠지 모를 죄책감을 느껴야만 했다. 나중에 돌아보니 별다른 목적도 없이 그저 일본이 좋아서 그곳에 있는 건 의미가 없으니 빨리 접으라는 하늘의 뜻이 아니었나 싶다.

그렇게 나는 한국으로 돌아왔고, 평범하게 일본계 회사에 다니며 통·번역 일을 하기 시작했다.

부장님이 쏘아 올린 작은 공

나는 처음부터 출판 번역가를 꿈꾸며 꼼꼼히 준비한 사람은 아니다. 책이 좋아서 책을 번역하는 일에 동경의 마음을 품고 있었던 것도 아니다. 그런 내가 프리랜서 번역가라는 직업을 선택하기까지는 많은 방황의 시간이 있었다.

결정적인 계기는 '결혼, 출산, 육아'였다. 대한민국의 평범한 여성들이 겪게 되는 경력 단절 프로세스를 밟게 되면서 뜻밖에 나에게 가장 잘 맞는 일을 찾게 된 케이스다.

아는 언니의 소개로 옮겨가게 된 회사는 규모는 작지만 일본 지자체를 비롯해 이름만 대면 알 만한 굵직굵직한 회사와 일하는 광고대행사였다. 작은 회사라 내가 맡은 업무 비중도 높았다. 그래서 나름의 자부심을 가지고 열심히 다녔다.

그러다가 결혼 준비를 하게 되었는데, 주말에는 이미 예약이 꽉 차 있어서 주중에 웨딩촬영을 할 수밖에 없는 상황이었다. 당당하게 휴가원을 낸 남자친구(현재 남편)와는 달리, 나는 눈치를 보며 말을 꺼낼 타이밍만 살피고 있었다. 작은 회사들이 흔히 그러하듯 따로 정해진 휴가 일수가 없었기 때문이다. 그렇게 며칠째 눈치만 보던 내게 부장님이 하신 나름의 격려 말씀이 퇴사의 신호탄이 되었다.

"결혼 준비하느라 바쁘지? 그래도 뭐, 주말에 틈틈이 시간 내서 하면 되지."

싱글인 부장님은 주말마다 결혼 준비를 하러 다니기가 얼마나 어려운지 모르시는 듯했다. 아니, 애초에 관심이 없는 것 같기도 했다.

'오래는 못 다니겠군….'

메리지 블루(Marriage Blue, 결혼 전 우울증)였을까? 누군가에게는 그냥 지나가는 말처럼 들릴지 모르지만, 결혼 준비로 한창 예민하던 나는 이 말 한마디에 우울한 내 미래의 모습이 생생히 그려졌다.

'결혼 준비'라는, 인생에서 가장 중요한 일 베스트 3 에 들어갈 만한 거사를 앞두고도 눈치를 봐야 하는데, 결혼하고 아기까지 낳고 나면 무슨 일이 생길 때마다 얼마나 가시방석일까? 아이가 갑자기 아프거나 돌보미 아주머니에게 급한 사정이 생겨서 일정을 조율하기 위해 남편과 통화를 하다가 대판 싸우고 결국 '애 엄마는 이래서 안 된다'라는 어처구니없는 욕을 들어가며 아이에게 달려가는 드라마 속 워킹맘들의 일상이 내 머릿속을 스쳐 지나갔다.

'그래, 대한민국에 여자가 결혼하고도 평생 다닐 직장이 어디 있겠어? 빨리 그만두고 오랫동안 할 수 있는 일이나 찾아보자.'

지금 생각하면 세상 물정 모르고 성급한 결정을 내렸던 것 같기도 하다. 하지만 당시의 나에게는 일본 출장을 자주 가고 늘 일본 사람들과 일하며 일본어를 쓸 수 있다는 메리트보다 출퇴근 왕복 3시간이라는 디메리트가 더 크게 다가왔다. 그리고 매일같이 이어지는 기계적인 번역 작업과 사원이 담당하기에는 과중한 업무에 지쳐있기도 했다. 그래서 결혼을 핑계 삼아 회사를 그만뒀다. 그리고 진로 탐색을 하는 대학생처럼 다른 길을 찾아 헤매기 시작했다.

일본어를 참 좋아하고 주위 사람들에게 일본어 잘한다는 소리는 꽤 들어왔다. 그렇다고 일본어 하나로 먹고살 정도의 빼어난 실력은 아닌지라 공부를 더 해야 할 것 같았다. 한때는 통·번역 대학원에 진학할까도 고민했다. 그런데 적지 않은 나이에 만만치 않은 비용과 시간을 들여 체력 좋고 머리도 팽팽 잘 돌아가는 어린 학생들과 함께 공부하는 게 과연 전략적인 선택일까 싶었다.

그렇게 다음 진로도 정하지 못한 채 월급을 올려줄 테니 다시 한번 생각해보라는 사장님의 제안을 시원하게 거절하고 회사 문을 박차고 나왔다. 마치 족쇄를 풀고 날아오르는 새처럼 홀가분한 기분을 맛보았다. 하지만 그것도 잠시뿐이었다. 막상 나와 보니 할 게 없었다. 잠깐은 날아올랐지만, 자세히 보니 내 날개는 몸에 비해 턱없이 작았다.

매일 실낱같은 희망이라도 찾기 위해 인터넷을 뒤졌다. 그러다가 우연히 출판 번역 아카데미를 발견했는데, 외국 서적을 우리말로 옮긴다고 하니 왠지 멋있어 보여서 사이트를 진지하게 들여다봤다. 오랜만에 설레는 기분이었다. 뭔가 의미 있는 일을 하고 싶었던 나에게는 내 이름이 적힌 책을 세상에 내보낼 수 있는 '출판 번역'이라는 장르가 상당히 매력적으로 다가왔다.

그냥 자꾸 설레잖아요

그렇게 결혼을 앞두고 회사를 그만둔 나는 번역 아카데미에 다니기 시작했다. 물론 이 과정도 결코 녹록지 않았다. 매일같이 쏟아지는 과제와 가차 없는 평가에 수업이 끝나면 기운이 쭉 빠져서 집으로 터덜터덜 돌아오곤 했다. 입문반 수업을 들을 때 결혼했고 실전반 수업을 들을 때는 임신을 한 상태였기에 체력적으로도 버거웠다. 하지만 오랜만에 무언가를 배운다는 기쁨과 미래에 대한 설렘으로 가득한 나날을 보냈다.

왜 번역가가 되었냐고 묻는 사람들에게 나는 그냥 '흘러 흘러 오다 보니 번역가가 되어있었다'라는 조금 실망스러운 대답밖에 못 하겠다. 다른 번역가분들을 뵐 때면 일할 때를 제외하고는 책을 잘 들여다보지 않는 나는 쥐구멍이라도 찾고 싶다.

평소 독서와 글쓰기를 좋아하는 사람은 출판 번역가가 되기에 충분한 자질이 있다고 생각한다. 하지만 나처럼 독서를 많이 하지 않는다고 해서 실망하기는 이르다. 외국어를 좋아하고 글쓰기에 관심이 있다면 기회는 얼마든지 있기 때문이다. 그러니 번역가라는 직업에 어떤 설렘을 느낀다면 높아만 보이는 진입장벽에 지레 겁부터 먹지 말고 도전이라도 해봤으면 좋겠다.

부디 돌고 돌아 길을 찾은 나의 늦된 경험담이 아직 하고 싶은 일을 찾지 못했거나 스스로에게서 특별한 재능을 발견하지 못해 방황하고 있는 분들께 한 줄기 희망이 되기를 바라는 마음이다.

프리랜서 출판 번역가의 일상

프리랜서 워킹맘의 생존 전략

프리랜서 워킹맘으로 살려면 스케줄 관리를 잘해야 한다. 일단 아이들이 어린이집에서 하원 하면 하던 일을 중단하고 엄마 역할을 시작해야 하기 때문이다. 흔히들 프리랜서로 먹고살려면 회사원처럼 하루 8시간의 업무 시간을 확보해야 한다고 말하는데, 이는 프리랜서 워킹맘에게는 도저히 불가능한 이야기다.

집안일 하는 시간, 아이들 돌보는 시간을 제외하고 내가 확보할 수 있는 시간은 최대 4시간에서 5시간 남짓이다. 그마저도 변수가 존재한다. 아이들은 언제 아플지 모르기 때문이다. 독감이나 수족구병 같은 전염병이라도 걸리는 날에는 일주일 이상 쉴 각오를 해야 한다. 그럴 때는 일도 밀리고 집안일도 쌓이고 아이를 돌보느라 몸도 마음도 고단해진다. 게다가 꼭 한 명이 아프면 다른 한 명도 연이어 아프다. 이럴 때마다 회사에 계속 다녔으면 어땠을지 상상하곤 하는데, 생각할수록 아찔해진다.

나는 일단 작업 일정이 정해지면 습관적으로 가짜 마감일을 정한다. 만약 출판사에서 요청한 번역 마감일이 30일이면 20일을 마감으로 생각하고 스케줄을 짠다. 그래야 만약의 사태에 대비할 수 있다.

이렇게 자체 마감일을 정하고 초벌 번역을 끝낼 날짜와 1장 원고 (여기서 '장'은 'chapter'를 의미한다. 문체나 분위기 등을 미리 확인할 수 있도록 출판사에 보내는 샘플 원고로, 보통 책 1장까지 정도의 분량을 보내기 때문에 편의상 '1장 원고'라고 부른다) 송고 날짜, 교정 스케줄을 잡아 놓은 다음 역산해서 하루 번역 분량을 정한다. 교정 횟수는 책의 장르와 난이도에 따라서 다르다.

요즘에는 거의 나가지 못하지만 작업은 보통 집 근처 카페에서 하는 걸 좋아한다. 카페에서 작업하면 아이들을 등원시킨 후 어질러져 있는 집안이 눈에 밟혀 작업을 중단할 일도 없고 넷플릭스가 깔린 아이패드나 포근한 침대가 유혹할 일도 없기에 집중이 잘 된다. 사람들의 말소리도 백색소음처럼 기분 좋게 들린다. 늘 혼자 작업하는 프리랜서에게는 가끔 들려오는 말소리가 위안이 되기도 한다는 사실을 사람들은 알까?

이렇게 우아하게 디지털 노마드 코스프레를 2시간쯤 하고 나면 점심 먹을 시간이 된다. 카페에서 일하더라도 점심은 대부분 집에 와서 먹는데, 편안하게 보고 싶은 영화나 드라마를 보면서 먹기 위해서다. 어떻게 보면 일상의 평범한 순간 같지만 이 시간이 나에게는 참 소중한 힐링 시간이다. 그런데 무언가를 보다 보면 거기에 빠져들어서 일하기 싫어질 때가 많다. 고도의 자제력이 필요한 때이다. 보통은 꺼뒀던 노트북을 켜면서 다시 일 모드에 시동을 거는데, 가장 시동이 잘 걸릴 때는 아무래도 마감이 임박했을 때다. 마감만큼 집중력을 높이는 도구도 없는 것 같다.

슈퍼우먼 아니에요, 그냥 제가 즐거워서요

어떤 이들은 나에게 이렇게 묻고는 한다.

"일하면서 애들 키우기 힘들지 않으세요? 게다가 연년생이잖아요."

이 질문을 들을 때마다 난 항상 같은 대답을 한다.

"일을 안 했으면 더 힘들었을 거예요."

아이를 낳는 순간부터 삶의 중심이 아이에게 옮겨간다.

아이가 좋아하는 것 위주로 먹고 아이와 갈 만한 곳을 찾고 아이 물건만 산다. 아이가 어릴 때는 먹는 것과 자는 것은 물론이고 씻는 것조차 자유롭지 못하다. 그야말로 기본권이 보장 안 되는 생활을 몇 년 동안 지속해야 한다.

물론 엄마 없이는 살아갈 힘이 없는 내 소중한 아이를 위한 일이니까 이렇게 생활하는 게 당연하다면 당연하겠지만 가끔은 억울한 생각이 들 때도 있다. 때로는 힘에 부친다. 그런데 일이라도 하면 조금 낫다. 정답이 없는 육아와 한 일은 티도 안 나고 안 한 일만 티가 나는 무한 반복 살림에서 잠시 벗어날 수 있으니 말이다. 그리고 내가 번역한 책을 바라보고 있으면 책이 '힘들었을 텐데 수고했다'라며 어깨를 토닥여주는 것 같다.

많은 이들에게 출판 번역가라는 직업의 매력에 관해 이야기하고 다니지만 솔직히 일본어 출판 번역만으로는 먹고살기가 조금 빠듯할지도 모른다. 그래서 생계를 책임져야 하는 상황에 있는 사람에게는 추천하기 어려운 것도 사실이다.

그래서 금전적으로나 시간적으로나 출판 번역가라는 직업을 가장 추천하고 싶은 사람은 바로 주부들이다. 일단 경력 단절 여성도 도전할 수 있다. 집중만 잘하면 많은 시간을 할애하지 않아도 된다. 게다가 다른 워킹맘들처럼 아이와 함께 하는 시간이 적다고 미안해하지 않아도 된다. 힘들게 몸을 쓰는 일도 아니다.

여름에는 시원하고 겨울에는 따뜻한 카페에서 커피를 마시면서 여유롭게 (물론 겉보기와는 다르게 머리가 매우 아픈 상태일 수 있으나) 일할 수 있다. 공짜로 외국 서적을 읽어볼 기회가 많으니 책을 좋아하는 사람에게는 더없이 좋은 직업이다. 게다가 자신의 이름이 적힌 책을 서점에서 만나면 무척 뿌듯하다. 이보다 만족도가 높은 일이 있을까?

일과 삶의 균형이라는 측면에서는 출판 번역만큼 좋은 직업도 없는 것 같다. 물론 생활이 불안정한 프리랜서보다 월급이 꼬박꼬박 들어오는 회사원이 더 좋다고 하면 할 말이 없지만 말이다.

내가 주로 번역하는 장르

공부하면서 번역하는 전문 서적

출판 번역가로 일을 시작하면 특별한 취미가 있어서 실용서를 번역하지 않는 한 대부분 본인이 전공한 분야의 책을 맡게 된다. 철학과 출신인 나는 주로 철학서, 심리학서, 정신 의학서를 번역하고 있다.

그렇다면 제목만 들어도 왠지 멈칫하게 되는 전문 서적을 번역할 때는 어떤 어려움이 있을까? 철학서나 심리학서, 정신 의학서를 번역할 때는 일단 용어에 주의해야 한다. 일본에서 쓰는 철학 이론의 명칭이나 심리학 용어를 우리나라에서는 다른 단어로 표현하는 경우도 있고 과거에 쓰던 용어를 더 이상 사용하지 않는 경우도 있기 때문이다.

한번은 의사가 쓴 정신 의학서를 번역한 일이 있는데, 저자가 대학병원 의사인지라 이야기의 주 무대가 대학병원이었다. 내용에는 큰 어려움이 없었지만 여러 종류의 우울증에 대한 정확한 명칭, 의사 휴식 공간을 칭하는 명칭, 한 명의 환자에 대해 여러 과의 의사들이 모여 회의를 할 때 사용하는 회의실의 명칭 등을 어떤 단어로 옮겨야 할지 몰라 고민했던 기억이 난다. 나중에 대학병원에 갔다가 직접 눈으로 보고 확인한 것도 있고 〈슬기로운 의사 생활〉이라는 드라마를 보다가 알게 된 용어도 있다. '진작 관심 있게 봐두었더라면 얼마나 좋았을까?' 하며 인터넷에서 열심히 찾아본 명칭을 실제로도 사용한다는 사실에 안도하기도 했다.

전문 서적을 번역하다가 모르는 용어가 나오면 그때그때 검색하거나 도서관에서 관련 분야의 책을 뒤져보는 방법도 있겠지만, 역시 평소에 그 분야에 관심을 가지고 용어를 수집해 놓는 방법이 제일 좋은 것 같다.

철학서나 심리학서 역시 책에 등장하는 여러 이론에 대한 배경지식을 가지고 정확하게 옮기지 않으면 자칫 이론을 반대로 설명하는 엄청난 실수를 하게 될 수도 있다. 이런 책들은 조사 하나에도 신경을 써야 한다.

그래서 내가 모르는 이론이 나왔을 때는 여러 사이트에

서 그에 관한 설명을 찾아 읽어보고 이해한 뒤에 번역하는 편이다. 물론 원서 내용만으로도 충분히 이해할 수 있을 때는 시간 관계상 그냥 넘어가기도 하지만 말이다.

술술 읽히지만 번역이 꼬이는 자기계발서

자기계발서는 막힘없이 술술 잘 읽힌다. 그래서 번역을 맡게 되면 부담감이 적은 게 사실이다. 책을 전달받으면 대충 훑어보고 출판사에 작업 가능한 기간을 알리는데, 보통 두 달 정도 잡으면 아주 여유롭게 할 수 있을 것 같은 생각이 든다. 그런데 이상하게도 작업을 하다 보면 꽤 빠듯해진다.

문어체보다는 편안한 구어체에 가까운 문장이 주를 이루기 때문일까? 아니면 대부분의 자기계발서가 글쓰기 비전문가가 쓴 글이어서일까? 입말로는 자연스러운데 글말로 옮기면 어색한 문장이 되거나 주어나 술어 혹은 목적어가 빠져있거나 같은 단어가 반복되거나 지시대명사가 많아 뜻이 모호한 경우가 왕왕 있다.

이럴 때 번역가는 어떻게 해야 할까? '나는 원문 그대로 옮긴 것뿐이야. 내가 잘못한 게 아니라 원문이 이상한 걸 어떡하라고?' 하며 그대로 놔둬도 될까? 사실 편집자는 원문을 알지 못한다. 따라서 어색한 문장이 줄지어 있으면 번역가가 번역을 매끄럽게 하지 못한다고 생각할 뿐이다.

그래서 최대한 번역 투를 걷어내고 자연스러운 우리말로 옮겨야 한다. 그렇기 때문에 자기계발서는 초벌 번역은 빠르게 할 수 있지만 수정 작업이 오래 걸린다. 여유를 부리며 초벌 번역에 시간을 잡아먹고 있으면 나중에 시간이 모자라 고생하게 될지도 모른다. 그래서 어떤 장르도 만만하게 볼 수가 없다.

번역의 쾌감

사람마다 자신과 잘 맞는 장르가 있겠지만 나는 개인적으로 전문 분야의 책을 더 선호한다. 꼬인 문장을 푸는 것보다는 새로운 지식을 배워가며 번역하는 데 더 보람을 느껴서인 것 같다. 물론 꼬인 문장을 여러 번 읽으면서 저자의 의도를 알아낸 뒤, 문장을 깔끔하게 정리해냈을 때의 쾌감도 만만치 않지만 말이다.

어떤 책을 번역하든 책을 번역하는 일은 보람되다. 책의 내용을 통해 배우는 부분도 있고 책을 번역하는 과정을 통해 배우는 부분도 있다. 번역가는 책을 읽고 자기 나름의 해석을 더하며 문장을 정리하는 하나하나의 과정을 통해 조금씩 성장해 나간다. 그래서 나는 내용이 어려운 책을 맡든 문장이 깔끔하지 못한 책을 맡든 늘 새로운 도전을 즐긴다는 마음으로 작업하고 있다.

번역가로서 중요하게 생각하는 것

우리말 - 이것은 번역인가 작문인가

"번역가님, 일본어 공부 방법이랑 번역가가 되는 방법에 대한 이야기는 많이 해주셨는데, 우리말 공부에 대한 이야기가 없는 것 같아요. 우리말 공부 방법에 대한 영상도 올려주시면 안 될까요?"

유튜브를 하다 보면 예리한 구독자들에게 이런 질문을 받기도 한다. 나는 '우리말 공부'에 관한 질문을 볼 때마다 미뤄놓은 방학 숙제가 있다는 사실을 엄마에게 들킨 어린 아이처럼 등에 식은땀이 흐른다. 나조차도 잘하지 못하고 있는 걸 내가 어찌 논해야 할까? 그렇다고 일본어 공부를 완벽하게 했다거나 번역에 대해 모르는 게 없다는 뜻은 아니지만, 우리말 공부 이야기를 해달라고하면 유독 자신이 없어진다.

번역은 글쓰기다. 물론 처음부터 창작해내야 하는 건 아니기에 부담은 덜하다. 하지만 결국 번역을 잘하려면 글을 잘 써야 한다. 저자의 의도를 파악하고 주어, 술어를 맞춰서 문법적으로 오류가 없는 우리말로 옮겨놓아야 하기 때문이다. 혹자는 '이미 누가 써놓은 글을 옮기기만 하면 되는데, 뭐가 어렵다는 거지? 외국어만 잘하면 되는 거 아닌가?' 라고 생각할지도 모른다. 하지만 한 번이라도 번역 연습을 해본 사람이라면 그게 얼마나 어려운 일인지 알 것이다.

외국어로 된 글을 직역해 옮겨놓는 것으로 충분하다면 번역가는 필요 없다. 그래서 사실 어떤 전문 분야의 논문이나 서류는 번역기로 돌리기도 하고 번역가에게 무슨 말인지 이해하지 못해도 좋으니 그냥 직역해달라고 부탁하기도 한다. 전문가들은 용어만 봐도 그 내용을 대충 파악할 수 있으니 굳이 매끄러운 번역을 할 필요가 없다는 것이다.

하지만 책 번역은 다르다. 대충 내용만 파악하기 위한 종류의 글이 아니기에 한 문장이라도 매끄럽지 못하면 읽다가 흐름이 끊기고 만다. 그래서 문맥을 파악하고 전반적인 분위기에 맞게 번역하는 능력이 필요하다.

그렇다고 모든 번역가가 반드시 뛰어난 문장력을 갖춰야 한다고 생각하는 건 아니다. 저자보다 뛰어난 문장력과 화려한 표현력을 가진 사람은 그 실력을 뽐내려는 마음에 자기도 모르게 번역이 아닌 창작을 하기도 하는데, 이는 작가의 영역을 침범하는 위험한 일이 될 수도 있다.

그렇다면 번역가의 우리말 실력은 어느 정도여야 할까?

일단 기본은 당연히 지켜야 한다. 맞춤법, 띄어쓰기, 외래어 표기법이 엉망인 상태에서는 좋은 번역을 할 수 없다. 아무리 뜻을 잘 살려 옮겨 놓았다 하더라도 기본적인 맞춤법을 틀려서 사람들의 신뢰를 잃으면 말짱 도루묵이기 때문이다. 주술 일치시키기, 이중부정 피하기 등의 기술도 필요하다. 조금 욕심을 부리자면 빠진 단어 채워 넣기, 문맥에 맞는 접속사 넣어주기, 문장 덜어내기 등도 적절하게 구사할 줄 알면 좋을 것 같다.

기본기를 어느 정도 갖췄다면 그때부터는 번역 연습을 많이 해보면 된다. 참고로 나는 흔히 접하지만 번역할 때 자주 막히거나 우리말로 표현할 방법이 없는 일본어 단어를 만나면 노트에 적어두고는 한다. 단어만 적어놓는 것이 아니라 어떤 문장에서 막혔고 결국 어떤 단어로 옮겼다는 내용도 기록해두는데, 이렇게 하면 다음에 같은 단어를 만났을 때 참고할 수 있어서 유용하다.

가능하다면 번역 스터디를 하거나 번역 아카데미에 다닐 것을 추천한다. 자기 글은 아무리 들여다봐도 장단점을 파악하기 어렵고 번역을 여러 번 해도 결과물이 거기서 거기다. 하지만 똑같은 문장이라도 여러 사람이 번역하면 신기하게도 결과물이 모두 다르다. 다른 사람의 번역을 보고 '어떻게 저런 표현을 생각해냈지?', '저렇게 옮길 수도 있겠구나!' 하며 배우는 부분이 반드시 있을 것이다.

마감 - 조급한 마음이 나를 사로잡기 전에

"얘들아, 늦었어! 빨리 가자!"

사실 안 늦었다. 어린이집에 정확하게 정해진 등원 시간은 없다. 그렇다면 왜 늦었다고 하는 걸까? 이 말의 속뜻은 이러하다.

'얘들아, 엄마 곧 마감이야. 빨리 가줘. 일 좀 하게.'

사실 아이들이 몇 분 일찍 간다고 해서 크게 달라질 건 없지만 마감이 다가오면 괜히 마음이 바빠져 아이들을 재촉하고는 한다.

책 한 권을 통째로 번역하는 일은 결코 쉬운 일이 아니다. 일단 번역을 맡게 되면 마감일까지 누구도 진행 상황을 확인하거나 빨리하라고 다그치지 않는데, 이것이 출판 번역의 가장 큰 장점이자 단점이다.

모든 스케줄 관리는 스스로 해야 한다. 그래서 나는 다이어리에 마감일과 함께 번역 외의 모든 일정을 미리 적는다. 즉흥적으로 친구를 만나거나 놀러 나가는 일은 될 수 있으면 삼가는 편이다. 갑자기 스케줄을 하루 빼야 하는 일이 생기면 시간을 쪼개 미리 번역 분량을 소화하고 가야 마음이 편하다. 일정이 밀리면 불안감이 마음 한구석에서 스멀스멀 올라와 소중한 만남의 시간을 온전히 즐기지 못하기 때문이다.

예기치 못한 스케줄이 생겨서 번역할 시간을 평소처럼 확보하지 못하게 되거나 작업 중에 다른 일이 들어오는 경우도 있다. 그럴 때는 밥 먹는 시간, 설거지하는 시간을 최대한 아낀다. 그리고 점심 식사 후에 가지는 잠깐의 커피 타임에도 시간을 활용하기 위해 애쓴다. 드라마나 예능 프로그램을 틀어놓고 커피를 마시며 손은 빨래를 개거나 설거지를 하는 식이다. 이렇게 해야 집안일도 적당히 처리하면서 스트레스도 풀 수 있다.

아이들을 재우고 난 뒤에 일할 때도 있는데, 밤늦게까지 일하는 건 체력이 따라주지 않아서 선호하지 않는 방법이다. 그래서 아이들에게는 미안하지만 하원 후에 애니메이션을 틀어주거나 새로운 놀잇감을 준 뒤 식탁에서 밀린 일을 소화하기도 하는데, 가능하면 스케줄에 맞게 미리미리 작업해두는 게 정신건강에 좋은 것 같다.

전설의 독한 선배

나는 무슨 일이 있어도 마감은 반드시 지키는 걸 철칙으로 삼고 있다. 생각해보면 간단하다. 출판사에서 얼굴도 모르는 번역가를 믿고 일을 맡겼는데, 마감일까지 아무 연락도 없고 원고도 넘어오지 않는다면 다음에 또 일을 맡기고 싶을까? 물론 작업 중간에 갑자기 입원하게 되거나 피치 못할 사정이 생길 수도 있다. 그럴 때는 미리 연락해서 일정을 조율하면 된다.

그런데 아무런 연락도 없이 원고를 넘기지 않으면 번역가만 믿고 있던 출판사는 큰 낭패를 보게 된다. 그 뒤의 교정·교열 일정, 표지 디자인, 책에 따라서는 꼭 필요한 추가 작업인 감수 일정까지 밀리는 일이 발생하게 될 수도 있기 때문이다. 얼마나 한숨이 나올까? 그래서 나는 무슨 일이 있어도 마감은 꼭 지키려고 한다. 이런 신념 때문에 둘째를 낳은 날 샘플 번역 원고를 마무리해서 보내고, 조리원으로 책을 받아 일을 시작한 전설의 독한 선배가 되었지만 말이다.

혼자 일하는 어려움 vs 혼자 일하는 편안함

아무래도 프리랜서 체질인가 봐요

개인적으로 세상에는 두 부류의 사람이 있다고 생각한다. "내가 로또만 당첨돼 봐라. 당장 회사 때려치우지"라고 몇 년째 말만 하고 끈질기게 회사에 붙어있는 사람과 로또에 당첨된 것도 아닌데 어느 날 홀연히 회사를 그만두는 사람. 어느 한쪽의 편을 들거나 옹호할 생각은 없다. 사람마다 가치관이 다르고 선택은 개인의 몫이니 말이다.

내가 하고 싶은 말은 나는 후자를 회사 체질이 아닌 사람이라고 생각하고, 나 역시 후자에 속한다는 것이다. 혹자는 돈 걱정 없이 살아서 그런 선택을 할 수 있는 거라고 말할지도 모른다. 나는 이 말에 반은 동의하고 반은 동의하지 못한다.

처자식을 먹여 살려야 하는 처지에 브런치에 글을 연재하다가 회사를 그만두고 작가로 데뷔한 사람도 있고 번듯한 직장을 그만두고 1인 출판사를 시작한 사람도 있다. 어떤 이들은 멀쩡히 다니던 회사를 그만두고 훌쩍 여행을 떠나기도 한다.

그들의 행동이 무책임하다고 생각할 수도 있지만 나는 그런 선택을 내리는 사람들의 마음도 이해가 된다. 그들은 꿈을 먹고 사는 사람들이고 회사 체질이 아닌 것이다.

먹고살 걱정은 그들 스스로 할 테니 참견하고 싶은 마음은 고이 접어두자.

나는 무엇보다도 무의미하게 느껴지는 일감이 많아지면 오래 견디지 못한다. '이 일을 하면 내 일본어 능력이 향상되겠다', '이 일을 하면 엑셀 프로그램을 어느 정도 다룰 수 있게 되겠구나' 싶은 생각이 들 때는 그럭저럭 즐겁게 회사에 다닌다. 그런데 '내가 왜 이걸 하고 있지?' 싶은 생각이 드는 순간 의욕이 뚝 떨어지고 만다. 그리고 스멀스멀 피어오르던 무의미하다는 생각이 내 마음을 꽉 채우는 순간이 오면 월급도, 휴가도, 보너스도, 승진 유혹도 나를 붙잡지 못한다.

나에게는 어떤 일을 할 때 '의미 있게 느껴지느냐 아니냐'가 매우 중요하다. 배부른 소리처럼 들릴지 모르지만, 내 안에서는 돈보다 보람과 뿌듯함이 더 큰 가치로 자리매김하고 있다. 그래서 나는 프리랜서 체질이다. 돈은 많이 벌지 못하지만 프리랜서 번역가가 되고 나서부터 일과 삶에 대한 만족도가 굉장히 높아졌다.

일단 한창 집중해서 일하고 있는데 다른 업무를 불쑥 들이미는 직장 상사가 없다. 그날의 기분에 따라 일할 장소를 바꿀 수도 있다. 누구 눈치를 볼 필요가 없다. 스케줄에 여유만 있다면 과감하게 일주일을 비우고 쉴 수도 있다. 무슨 일을 하든 내가 결정하고 잘 되었든 안 되었든 선택에 따른 결과 역시 온전히 자기 몫이라는 사실 또한 나에게는 매력으로 다가온다.

외로워도 슬퍼도 나는 안 울어

그렇다고 프리랜서 생활의 모든 면이 만족스러운 건 아니다. 때로는 함께 일 얘기를 나누거나 전날 본 드라마 이야기를 하며 감정을 공유할 동료가 없어서 쓸쓸하기도 하다. 이 직업은 한마디로 사람이 그리운 직업이다. 그래도 다행히 나에게는 출판 번역가를 준비하는 친구도 있고, 출판사에서 일하다가 독립해서 1인 출판사를 운영하는 친구도 있다. 일에 대한 자세한 이야기를 나누기는 어렵지만, 새로운 일을 계획하거나 번역에 관해 상의하고 싶을 때 메신저를 하면 언제나 흔쾌히 받아주는 그들이 있어 든든하다.

하지만 가끔은 일하기 싫은 내 마음을 붙잡아줄 직장 상사가 있으면 좋겠다 싶을 때도 있다. 그만큼 혼자 작업하는 시간이 적적하게 느껴질 때가 있다는 말이다. 혼자 있는 시간을 견디지 못하는 사람에게는 매우 몸이 근질근질하고 지루한 일상이 될 수도 있다.

그래도 꼭 프리랜서 번역가로 일하고 싶다면 번역에 대해 진지한 이야기를 나누거나 흔들릴 때 붙잡아주고 격려해 줄 만한 친구를 꼭 만들어두라고 권하고 싶다. 유학 시절에 만난 친구, 번역 아카데미에서 만난 친구, 학원에서 만난 친구와 부디 인연을 이어가기를 바란다. 같이 공부하던 친구가 가장 든든한 마음의 지원군이 될 수 있으니 말이다.

의욕이 안 날 때

자기 파악하기 - 당근과 채찍을 쥐고 있는 사람은 바로 나

'아…. 이미 아무것도 안 하고 있지만, 더 격하게 아무것도 안 하고 싶다….'

하루만 집에서 쉬겠다는 아이들을 어르고 달래서 등원시키고 나면 진이 다 빠진다. 왠지 딱한 생각이 들어 딱 하루만 집에서 놀아줄까 싶다가도 습관이 될까 봐 억지로 어린이집에 밀어 넣고 나면 아무래도 마음이 좋지 않다. 그런 날이면 집으로 돌아와 일할 준비를 하다가 문득 나도 쉬고 싶다는 생각이 든다. 그날 주어진 몸과 마음의 에너지를 1/3쯤 소진한 탓이다.

그럴 때면 나는 나와 타협하기 위해 협상테이블에 앉는다. 어차피 시간에 맞춰 출근해야 하는 것도 아니다. 지금 당장 샘플로 10장쯤 번역해서 넘기라고 재촉하는 사람도 없다. 친구에게 전화를 걸어 수다를 떤다고 눈치 줄 사람도 없다. 너무나 자유롭다. 하지만 이런 자유에 익숙해지면 무한정 늘어지고 싶은 게 프리랜서다. 그 사실을 너무도 잘 알기에 늘 나 자신을 다독인다.

'그래, 오전에 딱 두 시간만 열심히 일하면 오후에 놀게 해줄게.'

'오케이, 콜!'

이렇게 나와 극적인 타협을 하고 나면 아무리 졸리고 기운이 없어도 오전 시간에는 반드시 노트북 앞에 앉는다.

집중이 잘 안 될 때는 주로 초벌 번역 작업을 한다. 개인적으로 초벌 번역을 할 때는 아무 생각 없이 직역하는 편이다. 나중에 수정하는 데 시간이 걸리기는 하지만 일단은 저자의 문장을 그대로 옮긴다. 이때가 가장 편하다. 내가 번역기가 되었다고 생각하고 손만 움직이면 되니 말이다.

직역할 수 없는 단어에 막혔을 때는 일본어 단어를 그대로 써두고 나중에 수정하며 적당한 단어를 찾는다.

이렇게 어느 정도 분량을 채우고 나면 오후에는 낮잠을 자기도 하고 드라마를 보며 기분전환을 하거나 집안일을 하기도 한다. 억지로 집중하려고 해도 안 될 때는 안 된다는 사실을 알기에 스스로를 살살 달래가며 일정을 조율한다. 약속대로 오후에 2시간쯤 한가로이 지내다 보면 곧 아이들 하원 시간이 되는데, 그러면 일을 조금이라도 더 해놔야겠다는 생각이 들어 집중이 잘 된다. 나에게는 아이들 하원 시간이 매일매일의 데드라인인 셈이다.

프리랜서는 자기 자신에 대해 잘 알아야 한다. 어떤 때 의욕이 생기고, 어떤 때 집중이 잘 되고, 어떤 때 기운이 빠지고, 어떻게 해야 다시 의욕을 내서 일할 수 있는지를 파악해서 스스로 컨트롤해야 하기 때문이다.

특히 출판 번역가는 작업 기간이 비교적 길고 작업 분량도 많기 때문에 자기관리를 잘해야 살아남을 수 있다. 넋 놓고 놀다가는 마감 일주일 전에 매일 같이 밤샘 작업을 하는 끔찍한 경험을 하게 될지도 모른다. 무리한 작업에

면역력이 떨어져 마감 후에 병원을 들락거리게 될 수도 있다. 그래서 꾸준하고 성실한 태도가 중요하다.

출판 번역가가 되고 싶다면 아무리 일하기 싫은 날이라도 자신을 잘 다독여 일정 분량의 번역은 소화하게 만드는 방법을 찾기를 바란다. 나는 주로 휴식이나 달콤한 디저트 등의 보상을 나에게 주는 편인데, 한 번의 큰 보상보다 소소하고 작지만 내게 행복감을 주는 잦은 보상을 더 좋아하기 때문이다.

번역가 지망생들에게 하고 싶은 말

'어떻게'가 아니라 '왜'·'어떤 모습으로'

"어떻게 하면 출판 번역가가 될 수 있나요?"

유튜브 채널을 운영하면서 이런 질문을 참 많이 받는다. '시험에 합격하면 된다'라거나 '면접에 통과하면 된다'라는 식의 정해진 방법이 없어서 답답한 심정은 나도 잘 안다.

나 역시 내가 좋아하는 '일본어'를 사용하는 일을 하고 싶어서 한동안 온갖 포털 사이트에 '일본어 관련 직업', '일본어로 먹고살기', 'JLPT 1급 활용' 등의 검색어를 아침저녁으로 넣어보고는 했다. 그런데 그 결과는 항상 뻔했고, 요즘에도 별반 다를 바가 없어 보인다.

인터넷을 검색하면 늘 '일본어 학원 강사', '관광 통역안내사', '통역사', '번역가', '인하우스 통·번역가'처럼 누구나 생각할 만한 직업만 검색되어 나온다. 관련 직업이 생각보다 많지 않다. 거기에서 내성적인 성격상 맞지 않을 것 같은 학원 강사와 관광 통역안내사, 통역사를 제외하고 나면 인하우스 통·번역가와 번역가가 남는데, 인하우스 통·번역가는 결국 회사원이다. 회사에 다니기는 싫다. 그렇게 회사원을 제외하고 나면 번역가만 남는다. 왠지 괜찮아 보인다. 그러면 머릿속에 이런 질문이 떠오를 것이다.

'그런데 어떻게 하면 번역가가 될 수 있는 거지?'

아마 대부분이 이런 루트를 거쳐 출판 번역가이자 유튜브 채널을 운영하는 (업로드가 느려서 차마 유튜버라고는 못하겠다) 나를 발견했을 것이다.

번역가라는 직업에 대해 탐색 중인 사람들, 그리고 번역

출판 번역가는

자기관리를 잘해야 살아남을 수 있다.

가 지망생들의 답답함을 조금이라도 풀어주고자 유튜브 채널을 운영하기 시작했다. 그런데 재미있는 사실은 내가 '이런저런 방법이 있다'라고 가르쳐줘도 정작 실행하는 사람은 많지 않다는 것이다.

물론 내가 제시하는 방법이 당장 시작할 수 있을 만큼 쉽고 빠른 방법은 아니다. 게다가 '누구나 도전할 수 있고, 정말 만족도가 높은 직업이니 도전해보라'고 독려하면서도 어떤 때는 '출판 번역은 진입장벽이 높다', '일단 JLPT 1급부터 따고 와라', '디지털 노마드를 만만하게 보지 마라' 등의 쓴소리도 한다.

구독자 입장에서는 적잖이 고민되겠다는 생각이 들기도 한다. 그런데 출판 번역가라는 직업이 정말 그렇다. 누구나 도전할 수 있지만 첫 진입이 어렵고 샘플 번역으로 끊임없이 테스트를 받아야 하니 지속해서 일감을 얻기도 쉽지 않다. 하지만 그만큼 매력적인 직업인 것도 사실이다. 나는 있는 그대로의 사실에 개인적인 의견을 한 스푼쯤 첨가해 알려줄 뿐이고 도전하느냐 마느냐는 개인의 선택이다.

그런데 무슨 일이든 마찬가지지만 생각만 하고 시작하지 않으면 아무 일도 일어나지 않는다. 오늘도 생각만 하는 데서 그친다면 내일도 오늘과 똑같은 하루를 보내게 될 거라는 말이다.

소설가 플로베르는 '재능이란 오랜 인내'라고 말했다. 결국 첫술에 배부른 일 없고, 처음부터 쉬운 일은 이 세상에 단 하나도 없다. 자신을 갈아 넣는 노력을 하지 않고 번역가로 활발하게 활동하는 사람이 어디에 있겠는가?

더 이상 '과연 저도 할 수 있을까요?'라는 질문은 하지 말았으면 한다. 그 질문에 대한 정답은 이미 자기 자신이 알고 있으니 말이다. 나는 고민하는 이들에게 스스로 할 수 있다는 확신을 가지라고 말하고 싶다. 확신에 차서 하는 일도 성공하기 어렵고 중간에 마음이 바뀔 수 있다. 그런데 확신조차 없이 시작해서 과연 성공할 수 있을까? 번역가가 되기로 마음먹었다면 될 수 있다고 굳게 믿자.

'어떻게'를 생각하기 전에 '왜'부터 생각하기를 바란다. '왜' 번역가가 되고 싶은지를 생각하는 일이 먼저다. 그리고 미래에 '어떤' 모습으로 일하고 싶은지를 구체적으로 그려라. '어떻게'는 차차 알아 가면 된다. 이제는 자신을 의심하는 데 에너지를 소모하지 말고 일단 한 줄이라도 번역 연습을 시작해보자. 의외로 정말 잘 맞는 일일 수도 있다. 내가 그랬던 것처럼 말이다.

앞으로의 목표

색을 덧입히며 내 색깔을 찾아가는 모험을 떠날 수 있다면

번역은 '색깔 덧입히기' 작업이다. 번역가는 외국 작가가 그려놓은 그림을 받아 우리 정서에 맞게 색을 덧입혀 세상에 내보낸다. 이 작업을 거치면 우리나라 독자들도 부담 없이 외국 서적을 감상할 수 있다. 나는 약 7년이라는 시간 동안 외국 작가의 그림에 색을 덧입혀왔다. 무척 보람 있는 작업이다.

그런데 쉼 없이 이 작업을 하다 보니 어느 날 문득 내 그림을 그려보고 싶다는 생각이 들었다. 그래서 번역하던 화면을 잠시 접고 새 한글 파일을 띄웠다.

'음….'

10분 동안 새하얀 화면과 눈싸움만 하다가 창을 고이 접고, 다시 새까만 글씨가 가득한 번역 작업 창을 켰다. 막상 쓰려고 하니 뭘 써야 할지 도무지 떠오르지 않았다. 새삼 작가들에게 존경심이 생기는 순간이었다. 한 글자 쓰기도 이렇게 막막한데 어떻게 책 한 권을 꽉 채울 수 있을까? 매일 비슷하게 반복되는 일상을 사는 사람은 특별한 소재가 없으니 애초에 글을 쓸 수 없는 걸까?

곰곰이 생각해보았다. 왜 글쓰기가 이토록 어려운 걸까? 내 이야기를 쓰려고 한 것뿐인데 무엇이 나를 이렇게 망설이게 할까?

정답은 첫 문장이었다. 첫 한 줄이 떠오르지 않으니 시작조차 해볼 수가 없는 것이다. 그렇다면 어떻게 해야 할까? 첫 운을 떼게 해주는 작은 단서라도 있으면 그 단서를 실마리 삼아 글을 쓸 수 있지 않을까? 그때부터 나는 생각의 조각들이 머리를 스치고 지나가기 전에 어떻게든 붙들어 놓기로 했다. 사소하지만 놓치고 싶지 않은 일상의 순간들을 메모해두었다가 나중에 글로 완성하기로 한 것이다.

어느 날인가 아이들과 버스를 타며 급하게 메모했던 일이 생각나 메모장을 열어보았다. 거기에는 '그녀들은 그걸 버스 여행이라고 불렀다'라는 단 한 줄의 문장만이 적혀있었다. 누가 보면 당최 무슨 말인지 모르겠다고 하겠지만, 나는 그 한 줄에 담긴 스토리를 이미 알고 있었다. 재빨리 한글 파일을 열고 글을 써 내려갔는데, 놀라운 일이 벌어졌다. 그 단 한 줄의 힌트가 A4 용지 두 장을 가득 채우게 해준 것이다. 나는 키보드를 빠르게 두드리고 있는 나 자신에게 놀랄 수밖에 없었다.

'세상에, 단 한 줄의 힌트로 한 편의 글이 완성되다니!'

이제는 놓치고 싶지 않은 내 일상의 소중한 순간들, 그때그때의 감정과 생각들을 기록하고 다른 사람들과 공유하는 사람이 되기를 꿈꾼다. 다른 사람의 그림에 색을 덧입히는 조력자 역할에서 벗어나 나만의 그림을 그리는 창조자 역할도 해보고 싶어졌다. 책 번역을 시작하기 전에는 내가 감히 어떻게 책을 번역하나 싶었는데, 막상 뛰어들고 보니 나에게 너무나도 잘 맞는 일이라는 사실을 알게 되었듯이 글을 쓰는 일도 어쩌면 나에게 새로운 세계를 보여줄

'왜' 번역가가 되고 싶은지를 생각하는 일이 먼저다.
그리고 미래에 '어떤' 모습으로 일하고 싶은지를
구체적으로 그려라.

지도 모른다는 기대감이 생겼다.

물론 번역은 계속할 생각이다. 무라카미 하루키가 '나에게 소설 쓰는 일은 직업이고, 번역하는 일은 취미생활 같은 것'이라고 말했듯이 나 역시 번역은 시간 가는 줄 모르고 즐겁게 할 수 있는 취미생활과 같다. 그렇다고 무라카미 하루키처럼 앞으로는 훌륭한 작가를 목표로 하고 번역은 취미로 할 생각이라는 뜻은 아니다. 그저 번역을 즐기면서 내 일상과 생각을 기록해두고 공유하고 싶다는 또 다른 꿈을 꾸고 있을 뿐이다. 글쓰기 연습을 하다 보면 번역의 질도 좋아질 것이고, 번역을 하다 보면 글을 쓰는 일도 어색하지 않을 테니 일석이조가 아닐까?

번역과 글쓰기는 떼려야 뗄 수 없는 짝꿍이다. 앞으로도 번역가로서 다른 사람의 작품에 색을 곱게 덧입히는 일을 하면서 가끔은 기억의 조각을 모아 나만의 색깔을 찾는 신나는 모험을 떠나고 싶다.

매일매일 내 인생이
조금씩 더 마음에 든다는 것

중국어 번역가 김희정

글 쓰는 번역가. 언어와 언어 사이를 노닐며 오래도록 글을 읽고 쓰고 옮기고 싶은 활자 중독자다. 대학 졸업 후 평범한 직장인으로 지내다가 나의 하루가 조금 더 좋아지는 일을 찾고 싶어 과감히 퇴사하고 자유기고가로 전향했다. 이후 고등학교 시절부터 시작된 중국어와의 기나긴 인연으로 현재 출판 및 영상 등 중국 문화를 옮기는 일에 집중하고 있다.
옮긴 책으로는 《한계를 뛰어넘는 기술》, 《친애하는 아르키메데스》, 《진혼》(재번역), 《왜 가족이 힘들게 할까》 등이 있으며 공저로 《칼럼니스트로 먹고살기》를 썼다.

이메일 writer_jay@naver.com
블로그 blog.naver.com/writer_jay

저는 언어의 노예이자 숫자의 노예입니다

김희정

수많은 경로 이탈 끝에 도착한 곳

나는 9년째 글 밥을 먹고 사는 중이다. 자유기고가로 시작해 4년 전부터는 중국어를 한국어로 옮기는 일을 주로 하고 있다.

사실 번역 일을 하게 된 드라마틱한 계기는 없다. 5년간 다니던 첫 직장을 박차고 나와 다른 분야로 전직을 하려고 했고 그 과정에서 우연처럼 만나게 된 어느 글쓰기 수업을 통해 자유기고가가 되고 번역가가 되었다.

이전까지 도전한 일들은 많았다. 그때마다 끈기가 없는 건가, 왜 이렇게 진득하게 뭘 하지 못할까 고민도 많았다. 나중에 돌이켜보니 전직을 고민하며 회사를 나온 순간부터 가장 바랐던 삶의 모습은 하나였다. 글과 가까운 삶을 살고 싶다는 것. 그동안 써온 글이라고는 일기가 전부였지만, 책이 좋았고 언젠가는 나도 이야기를 쓰는 사람이 되고 싶었다. 글을 쓰지 않더라도 글에 관련된 일을 하고 싶었다.

자유기고가를 하면서도 글에서 멀어지지 않는 삶을 계속 고민했다. 번역은 그 길을 부단히 찾아다니다가 만나게 된 일이다. 수도 없이 경로를 이탈하고 새로운 경로를 탐색하는 과정을 반복하다가 찾게 된 길. 글이라는 끈을 놓고 싶지 않았던 내가 선택할 수 있었던 또 하나의 인생 경로.

'중국어'를 할 줄 알고, '한국어'도 할 줄 알며 '책'을 좋아하는, 나와 관련된 세 조각의 퍼즐을 조금만 일찍 맞추었더라면 더 빨리 이 길을 걸을 수도 있었겠지만, 아쉽지는 않다. 우회의 경험이 번역하는 사람으로 자리 잡는 데 도움을 주었으니까. 내 사주에 역마살이 강하다던데, 어쩌면 다년간 어디 한 곳에 정착하지 못했던 것도 다 자유기고가를 거쳐 번역가로 나를 인도하기 위함은 아니었을까? 무엇보다 늦게 돌고 돌아 만난 일이라 그런지 글을 옮기며 사는 하루하루가 더 즐겁기도 하다. (물론 체력은 좀 달리지만)

물론 자유기고가 일이 재미없었다거나 힘들었던 건 아니다. 주로 기업체 사보나 홍보물을 만들었는데 유명한 사람들은 아니지만, 우리 주변의 평범한 사람들 이야기를 취재하고 글로 쓰는 일은 꽤 즐거운 일이었다. 인터뷰에서 만난 인연이 아직 이어져 오기도 하니, 사람을 얻는 보람도 적지 않았다. 이 일을 시작하고 나는 내 삶이 조금 더 좋아졌고 나의 하루가 조금 더 행복하다고 느꼈다. 그럼 된 거 아닌가. 참 잘한 전직이지.

그런 내가 번역을 생각하게 된 건, 그로부터 3년쯤 후였다. 전주 어딘가로 취재를 나갔던 어느 겨울, 유난히 날이 추워서였을까. 연신 콧물을 훌쩍이던 나는, 돌아오는 KTX 안에서 문득 이런 생각을 했다. 10년, 20년 후에도 내가 지금처럼 취재하러 전국 각지를 뛰어다닐 수 있을까? 10년 뒤에도 이 일을 하고 싶다면 기획을 잘해서 좀 더 큰일을 따오고 해야 할 텐데, 기업 사보나 홍보물을 창의적으로 만들기에는 내 기획력이 "우와!" 할 정도로 뛰어난 것 같지는 않았다. 재미와는 별개로 내가 잘 커버할 수 있는 능력의 범위가 그만큼 넓지 않다는 사실을 인식하고 인정하게 되어서였을까. 나는 내가 좀 더 잘해나갈 수 있는 일의 범위를 좁혀보기로 했다.

그렇게 찾은 일이 번역이었다. 글의 끈은 놓지 않으면서 글에만 좀 더 집중할 수 있는 일. (물론 프리랜서가 해야 하는 방대하고도 잡다한 일들은 별개다)

자유기고가가 되기 전, 번역 아카데미 수업을 신청했다가 다른 일을 하게 되느라 취소한 적이 있었다. 그 기억이 나서 다시 아카데미를 검색해보았다. 당시에는 영어 출판 번역 수업뿐이었는데, 이게 웬걸. 몇 년 사이 중국어 번역 수업이 신설된 게 아닌가. 중국어 번역 수업은 열리는 곳이 거의 없어서 일단 영어 번역 수업이라도 들어볼까 하는 마음으로 들어갔는데 그사이에 중국어 번역 수업이 생기다니! 그때는 어쩐지 운명처럼 느껴졌다. 지금이 그 길을 가야 할 때라고 하늘에서 다리라도 내려준 것 같았다. 나는 유레카! 를 외치며 중국어 번역 수업을 신청했다. 이렇게 쓰고 보니 어쩐지 드라마틱한 것 같기도 하다.

그렇게 나는 이듬해 5월부터 본격적으로 번역 공부를 시작했다. 입문 과정은 12주였는데 영상 번역과 출판 번역으로 나뉘어 6주씩 구성되어 있었다. 덕분에 두 가지 분야의 번역을 다 경험해볼 수 있었다. 출판 번역 수업은 심화 과정이 따로 개설되어 있지 않아서 이때 들었던 6주간의 짧은 입문 과정 수업으로 아쉬움을 달래야 했다.

그래도 도서 번역가가 되려면 어떻게 해야 할지 방향은

가늠할 수 있었다. 영상 번역 수업을 들으면서도 도서 번역을 하기 위한 준비를 꾸준히 했다. 그러다 운 좋게도 학원 선생님께서 학원과 연계된 번역 에이전시에 소개해주셨다.

처음에는 책을 리뷰하는 일부터 했다. 리뷰는 어떤 원서가 한국 출판 시장에 번역되어 나올 만한 가치가 있는지를 검토하는 일이다. 의뢰받은 리뷰를 몇 건 하다가 얼마 지나지 않아 샘플 번역 테스트를 보게 되었다. 테스트에 통과해 책을 번역하게 되었으며 지금까지 오게 되었다.

중국어로 밥 벌어 먹고살게 될 줄이야

솔직히 말하면 중국어로 내가 생계를 유지하게 될 줄은 꿈에도 몰랐다.

나는 고등학교를 중국에서 다녔다. 아버지가 회사 일로 베이징에 계셨기 때문에 중학교를 마치고 베이징으로 유학을 갔다. 선생님도 중국인, 물건을 사러 가도 중국인, 어딜 가도 중국인이었기 때문에 자연스럽게 중국어를 익혔다. 그 시절에는 환주격격(황제의 딸)이 인기여서 친구들과 모여 깔깔대며 그 드라마를 보고 또 보곤 했다. 홍콩 영화의 독특한 분위기에 취해 지내기도 했다. 그런데도 나는 중국어를 업으로 삼을 생각은 전혀 해보지 않았다.

대학에 진학한 후에는 라디오 PD를 꿈꾸며 언론사 시험을 준비했다. 물론 똑 떨어지고 일반 기업에 취업했지만. 중국어를 배워 더 넓은 세상을 활보하길 바라며 돈 들여 공부시킨 부모님은 중국어를 1도 써먹지 못하는 딸을 보며 얼마나 돈 아까우셨을까 싶다.

처음 중국어 번역을 하자고 마음먹었을 때 내 중국어 수준은 고등학교 시절 배운 생존 중국어, 딱 그 수준이었다. 수업을 듣기 위한, 친구들과 놀러 다니기 위한, 쇼핑하기 위한 생활 중국어. 대학 전공도 중문과가 아니고 (비슷한 한문학과이긴 하지만) 따로 중국어 학원에 다니면서 공부를 이어간 적도 없었다. 취업한 회사도 중국어보다는 영어가 더 필요한 직종이었다. 뉴질랜드에서 2년을 지낸 후부터는 오히려 중국어보다 영어가 더 편하고 익숙한 삶을 살아왔다.

그런데도 번역을 공부하기로 마음먹고 언어를 선택할 때 나는 중국어로 방향을 잡았다. 왜냐고 묻는다면 영어는 이미 번역가가 너무 많아서? 영어 번역서 시장이 다른 언어권보다 수요가 많으니 번역가도 많은 것이겠지만, 나는 영어보다 수요는 적어도 내가 기회를 더 많이 만들어갈 수 있는 영역이 중국어라고 생각했다. 사실 내가 가진 능력 중에 전문성을 살릴 수 있는 것이 중국어뿐이기도 했다.

"중국 소설이 좋아서 번역가가 되었어요" 같은 낭만이 물씬 풍기는 이유를 말하면 좋겠지만, 아쉽게도 그렇지 못하다. 내가 즐거울 수 있고 좀 더 재미있게 하고 싶은 일을 하겠다는 이상적인 생각으로 번역가의 길을 선택한 것과 달리, 번역어로 중국어를 선택한 건 내 나름의 현실적인 판단이었다.

중국어 번역가의 길을 선택한 이후의 과정은 그리 순조롭지만은 않았다. 솔직히 생존 중국어라지만 그래도 학교에서 중국어로 수업도 들었는데 이 정도도 못할까 생각했던 것도 사실이다. 하지만 번역은 사전의 뜻만 찾아서 해석하면 되는 간단한 일이 아니었다. 그 단어가 사용된 이유를 알아야 하고 그러려면 문화를 이해해야 했다. 검색을 하더라도 뭘 알아야 검색을 할 게 아닌가. 하여, 생존 중국어 좀 한다고 어쭙잖게 덤볐던 나는 하루하루가 공부의 연속이었다. 중국 문화에 푹 빠져 지내왔던 사람들과 비교하면 나는 걸음마를 겨우 뗀 아기나 다를 바 없었으니까.

거의 15년 만에 다시 마주한 중국어는 낯설어도 너무 낯설었다. 그래도 기본적으로 알아듣고 해석은 할 수 있었기에 매일 중국 드라마를 보고, 표현을 공부하고, 중국 책도 찾아보고, 중국 라디오도 들었다. 〈신삼국지〉, 〈옹정황제의 여인〉, 〈사조영웅전〉, 〈신조협려〉 같은 명불허전 드라마들을 섭렵하고 중국 서점 사이트를 들락거리고 이북을 뒤져봤다. 라디오를 들으면서 그들의 말투, 뉘앙스에 귀를 틔우려고 애썼다. 내 나름의 중국어, 중국 문화와 친해지려 한 노력들이다.

그러다 보니 고등학교 때 친구들과 빨빨거리고 돌아다니면서 보고 주워들었던 것들이 떠오르기 시작했고 차츰 중국어 공부에 재미가 생겼다. 어려서 무심히 지나쳤던 내용들, 일례로 수학여행 가서 본 유적지나 유물에 대해 새롭게 깨닫게 되니 그 문화와 역사도 흥미롭게 다가왔다. 점차 재미있는 표현들이 귀에 들어오기 시작하면서 표의문자(表意文字)가 가진 매력도 눈에 보이기 시작했다. 물론 번역할라치면 머리가 빠개질 것 같지만 말이다.

아마 이런 재미를 깨닫지 못했다면 힘들어하다가 그만두었을지도 모르겠다. SNS를 통해 알게 된, 혹은 내 주변의 다른 중국어 번역가들도 번역 분야를 막론하고 중국 문화와 중국어에 많은 관심과 흥미를 갖고 있다. 이런 호기심과 궁금증이 어찌 보면 이 일을 계속할 수 있게 해주는 원동력이기도 하다는 생각이 든다.

번역 아카데미를 꼭 다녀야 할까?

오랜만에 연락이 닿은 고등학교 동창이 내게 물었다. 자기도 도서 번역을 하고 싶은데 어떻게 해야 하는지 모르겠다고 말이다. 당시 아카데미를 졸업하고 일감을 받아 일하고 있었던 나는 이런 방법도 있다고 말해주었다.

하지만 주위에 보면 아카데미를 다니지 않고도 직접 여

러 출판사에 기획안을 보내면서 시작하신 분들도 꽤 많다. 번역가 카페에도 독학으로 시작하신 분들이 많다.

물론 중국어 번역을 하려면 중국어를 기본적으로 할 줄 알아야 한다. 그리고 한국어를 더 잘해야 함은 두말할 필요도 없는 사실이다. 이해한 걸 잘 옮기려면 그만큼 한국어의 어휘나 표현을 풍부하게 알고 있어야 한다. 하지만 이해가 기본이 되어야 하니 중국어를 하나도 하지 못하면서 번역을 시작하기란 당연히 어려운 일이다.

일단 중국어 독해가 가능하다는 전제하에, 나는 맨땅에 헤딩하기보다는 아카데미를 다니는 것이 확실히 지름길은 될 수 있다고 본다. 물론 비용이 든다. 일정 비용을 지불하고 초행길을 안내받는 내비게이션 같다고나 할까. 모르는 길을 나침반 보고 지도 찾아가며, 이 길 저 길 헤매다가 목적지에 이르기보다는 내비게이션 안내만 '잘' 따르면 조금이라도 더 일찍 도착할 수 있는 건 사실이니까.

일단 처음에는 무엇부터 시작해야 할지조차 몰라 막막하다. HSK 공부를 해야 하나? 일감은 어떻게 얻지? 내가 이 일을 잘할 수 있을지도 감이 안 잡힌다. 글쓰기에 대해 전혀 감이 없는 사람이라면 더욱더 막막할 것이다. 이런 경우 아카데미 수업으로 어느 정도 도움을 얻을 수 있다. 게다가 현업에 계신 분들이 강의하니까 내 번역의 부족한 점을 피드백 받을 수 있어서 앞으로 어떻게 공부를 해나가야 할지도 보인다.

무엇보다 번역 에이전시와 연계된 아카데미라면 책 리뷰 작업을 받아 일을 시작할 수도 있다. 하지만 수업을 듣는다고 해서 100% 일이 보장되는 건 아니다. 아카데미를 통해 일을 받으려면 어쨌든 수업 때 내가 잘해서 가능성을 보여야 한다는 전제조건이 따라붙기 때문이다.

내가 아카데미를 다녀보자고 결심했던 이유는 막막함도 막막함이지만 당시 내 나이가 맨땅에 헤딩하며 길을 닦아나가기에는 어린 편이 아니었던지라 시행착오를 줄이고 싶은 마음이 더 컸다. 내가 잘만 하면 일할 기회도 생기는 곳이니 시작하기에 이보다 더 좋은 조건이 어디 있겠는가. 그래서 별 고민 없이 수업을 듣기로 했고 덕분에 공부 방향도 잡고 일할 기회도 얻을 수 있었다.

그러나 아카데미가 필수냐고 묻는다면 그렇다고 선뜻

대답하지는 못하겠다. 본인 하기에 따라서 번역가가 되는 데 가장 빠른 디딤돌이 되어줄 수도 있고 반대로 돈 낭비, 시간 낭비의 늪이 될 수도 있기 때문이다. 학원비에 과제를 하는 시간, 수업을 듣고 복습하는 시간, 배움의 노력까지 계산하면 투자해야 하는 물적, 시간적, 정신적 비용이 결코 적지 않다.

결국에는 돈을 들여 시행착오를 줄일 것인가 아닌가 하는 개인 선택의 문제라고 본다. 단순히 이 길이 내게 맞을지 아닐지 고민하는 사람이라면 입문반 정도 들으면서 과제를 하고 그 피드백을 받으면서 자신의 가능성을 가늠해 보는 것도 좋을 것 같다.

다만 지금의 내가 확실히 말할 수 있는 한 가지는 아카데미 수업 과정 중은 물론이고 그 이후에도 공부의 끈을 놓으면 안 되는 일이 번역이라는 사실뿐이다. 그렇게 아등바등 공부의 끈을 붙잡아도 번역을 할 때면 턱턱 막히는 구간이 어김없이 발생한다는 사실은 안 비밀.

어찌하여 그대의 눈엔 'FREE'만 보이는가

도서 번역가의 삶이 어떤지 이야기할 기회가 있으면 나는 '시간'에 대해 가장 이야기하고 싶었다. 누군가에게 도움이 될지 모를 나의 흑역사는 한둘이 아니지만, 그중에 가장 큰 좌절은 모두 시간과 관련이 있다.

프리랜서 '전업' 번역가의 시간은 전혀 자유롭지 못하다. 시간의 노예가 될 각오를 어느 정도는 하고 들어와야 전업 번역가로 살아남을 수 있지 않을까 생각할 정도다. 그런데 사람들은 일단 프리랜서니까 프리할 거라고, 여유로울 거라는 생각부터 하며 낭만적인 번역가의 삶을 상상한다.

"자유로워서 좋겠다. 하고 싶은 일 있으면 아무 때나, 아무 데서나 할 수 있잖아."

"자유로운 영혼답게 넌 결국 프리랜서로 일하는구나."

"여행도 맘대로 가고 좋겠다. 자유롭게 쓰고 싶을 때 쓰고 놀고 싶을 때 놀고, 좋겠네."

"이 일은 시간 쓰기 자유로운 네가 좀 해."

"프리랜서면서 뭐가 맨날 그렇게 시간이 없대? 세상 돈은 너 혼자 쓸어 담냐?"

프리랜서로 지내면서 어딜 가든 듣는 말이다. 이런 말을 들을 때마다 드는 생각은 딱 하나다.

'프리랜서, Freelancer.' 그 Free가 그 Free가 아니라고.

처음에는 그렇지 않다고 조목조목 따져가며 설명하기도 했지만, 이제는 반쯤 체념했달까. 말해 뭐해, 내 입만 아프지, 하는 심정? 어차피 해보지 않은 이들의 머릿속엔 FREE라는 글자밖에 기억되지 않을 테니까.

아마 모든 프리랜서가 나와 같은 말을 하지 않을까. 프리랜서는 결코 프리하지 않다고. 정해진 근무 시간이 있는 회사와 다르게 하루에 일할 시간을 내 의지에 따라 조정해 쓴다는 차이는 있지만, 모든 것을 내가 다 해야 하는 자영업자인 프리랜서의 시간은 오히려 더 빡빡하게 굴러가는 경우가 많다. 번역처럼 마감이 정해진 일들은 일정 관리만으로도 벅차다.

석 달 동안 책 한 권만 번역하고도 풍요롭게 살 수 있다면 일정 관리쯤이야 아무런 문제가 되지 않겠지만, 현실은 그렇지 못하니까. 프리랜서의 시간은 곧 돈과 직결된다. 고로, 월급도둑은 꿈도 못 꾼다. 어떨 때는 회사라는 조직에 발이 매인 직장인과 크게 다를 것도 없는 것 같다.

번역으로 먹고살기 시작하면서 내 시간은 더 빡빡하게 굴러간다. 전업 번역가로 먹고사는 일은 막상 내가 하고 보니 그만큼 시간에 더 얽매일 수밖에 없는 일이었다. 의자에 궁둥이 붙이고 앉아서 일정 시간을 투자해야만 하는 일이고 시간을 잘 관리해야 오래, 꾸준히 해나갈 수 있는 일이었다.

번역을 하고 1년 반쯤 되었을 때 친구들을 만났다. 퇴근이 늦어져 약속 시간이 조금 지나 합류한 한 친구는 날 보자마자 부러워했다.

"넌 좋겠다. 카페에서 상사 눈치 안 보고 일하는 로망을 해내다니. 자리에 안 있으면 일 안 하는 줄 아는 고릿적 상사가 우리 부장님이야."

"난 애 내키면 아무 때나 여행 갈 수 있는 게 젤 부럽더라. 난 월차 한 번 내는 데도 차장에 부장에 눈치 볼 사람이 한둘이 아니야. 올해 여름휴가에 앞뒤 주말 붙여 썼다가 눈칫밥을 얼마나 먹었는지. 어휴. 한 번 사는 인생인데, 뭐 이렇게 빡빡하냐. 넌 눈치 볼 상사도 없고 좋겠다. 난 요즘

네가 세상에서 제일 부러워."

그렇다. 프리랜서를 꿈꾸는 사람들은 카페에 가서 커피 마시면서 일을 한다거나, 여행 가서 짬짬이 노트북 켜고 일하는 환상을 갖는다. 하지만 번역가에게는 그야말로 환상에 가까운 일이다. 물론 불가능한 일은 아니겠지만, '잘 알지도 못하면서' 갖는 맹목적인 환상을 적어도 프리랜서 친구를 둔 내 친구들만큼은 없었으면 했다. 그래서 철저히 내 기준으로 팩트 폭격을 시작했다. 사실상 '너희만큼은 내 고충을 알아줘야 하지 않겠냐' 하는 울분을 토해낸 것에 가깝다고 해야겠지만.

"친구야, 커피숍에서 일할 수 있지. 한두 시간이 아니라 8시간 9시간 할 수도 있어. 대신 그것도 손님 별로 없는 조용한 카페여야 가능한 일이지. 도떼기시장 같은 시끌벅적한 카페에서 집중이 되겠니? 누가 불러주는 대로 받아쓰는 일도 아니고 이것도 생각하고 고민해야 하는 일이야. 손님이 별로 없는 조용한 카페라고 치자. 그럼 3천 원 내지는 4천 원짜리 음료 한 잔 시켜놓고 8시간 9시간 삐대고 앉아 있을 수 있을까? 음료만 하루에 서너 잔을 시켜 먹으면서 일을 하는 것도 고역 아니겠냐? 화장실 한 번 가려고 해봐. 노트북이며 소지품이 은근 신경 쓰인다고. 더구나 책이 전자책이나 PDF 파일로 오지 않고 인쇄본으로 온다면 어떨 거 같아? 책을 펼쳐 둘 독서대까지 챙겨야 할 짐이 두 배야.

그리고 너, 여행 가서 일하는 게 좋을 것 같냐? 하루에 최소 8시간은 일해야 하는데 그걸 굳이 쪼개서 오전에 일하고 오후에 여행하고 싶겠어? 내가 거기 사는 것도 아니고 기껏 돈 들여 쉬러 간 거잖아. 한두 시간 간단히 처리할 수 있는 일도 아니고 주업을 그렇게 쪼개서 하고 싶겠니? 너희는 휴가 가도 월급 나오지? 난 안 나와! 그 시간만큼의 돈 포기하고 쉬면서 에너지 얻으려고 여행 가는 건데, 일하고 싶겠냐!"

사실 시공간의 제약을 받지 않는다는 점은 프리랜서 번역가를 비롯한 모든 프리랜서가 가진 최고의 장점일 것이다. 하지만! 언제, 어디에서나 일할 수 있다는 것이 매일 그렇게 일할 수 있다는 의미는 아니다. 할 일이 많지 않은 상태에서 어느 한 도시(나라 말고 도시)를 한 달 살기 같은 콘셉

트로 느긋하게 여행한다거나, 아예 일 년쯤 그 나라에 살다 오는 거라면 여행하면서 일하기가 가능할지도 모르겠다. 하지만 작업 분량이 곧 돈이 되는 전업 번역가에게 '여행 가서 일하기'란 여간 비효율적인 일이 아닐 수 없다.

작업 시간 = 작업 분량 = 돈

좋아서 하는 일이라면서 왜 이렇게 '돈, 돈' 하느냐고 생각하는 사람도 있겠다. 하지만 좋아서 하는 일도 먹고살지 못하면 무슨 소용이겠는가. 번역의 즐거움, 돈, 시간은 뫼비우스의 띠처럼 연결되어 있는 것을.

취미로 하는 일이 아닌 이상 집세, 관리비, 식비, 보험료 및 최소한의 용돈까지만 생각해도 하루 최소 8시간 이상 꼬박 일해야 한다. 내 번역료 및 여기저기 주워들은 단가들을 어림잡아 평균치로 계산해보면 석 달에 최소 1.5권은 번역해야 1인 가구가 먹고살 만큼의 벌이가 된다. 한 달에 한 권씩 뚝딱해내고 매달 그렇게 일이 꾸준히 있다면 얼마나 좋겠는가. 하지만 현실은 그렇지 못하다. 더 이상의 여유를 원한다면 도서 번역만 해서는 힘들다고 본다. 나야 1인 3냥 가구니까 어떻게든 꾸려나간다지만, 부양할 가족이 있다면 턱도 없을 테니 다른 책을 번역하든 다른 일을 병행하든 일을 더 하지 않을 수 없다.

아무튼 일한 만큼 버는 프리랜서 번역가에게는 시간을 투자해 나온 작업 분량이 곧 돈이다. 하루에 8시간씩 주5일 근무해서 월급제로 계산되는 게 아니라 원고지 한 장당 얼마, 혹은 자당 얼마로 계산되니까. 대체로 책은 번역본 기준(한글로 번역된 결과물 기준) 원고지 매수, 시나리오나 문서 번역은 원문 글자 수, 영상물은 분당 얼마로 번역료를 계산한다. 그리고 이 벌이와 직결되는 작업 분량은 작업자의 집중도와 속도에 비례한다. 그러니 카페 가서 일하고 여행하며 일하기가 환상이 아니고 뭐겠는가.

내가 제일 처음 맡았던 일은 애니메이션 시나리오 번역이었다. 1만 자 분량을 2일 안에 납품해야 했다. 지금은 충분히 하고도 남을 스케줄이지만, 막 시작한 초보 번역가에게는 숨이 턱 막히는 분량이 아닐 수 없었다.

하얀 것은 종이요 까만 것은 글씨라고 이게 뭔가 싶어 처음에는 컴퓨터 화면에 시나리오 대본을 띄워놓고 한 30분 멍하니 보고만 있었던 것 같다. 꼬박 열두 시간을 번역하고 다음 날 다시 검토하고 오후에 보냈다. 처음이라 더뎠다고 해도 꼬박 이틀 걸렸다. 계산하기 쉽게 자당 10원이라고 치고 (산수 바보인 내가 계산하기 편하게 잡은 금액일 뿐, 이 단가에 일하는 건 Oh, NO다) 1만 자 번역하면 10만 원이다. 이걸 내가 하루에 마치면 10만 원이지만, 이틀에 하면 하루에 5만 원 버는 거다. 3일에 하면 3만 3천 원 버는 거고. 물론 여기에 3.3% 칼 같이 떨어져 나가는 세금도 있다.

게다가 처음에는 무작정 속도를 내기만 할 수도 없다. 내려고 한다고 속도가 나는 것도 아니지만, 안정적으로 일을 주는 거래처를 확보해야 하니 수입보다는 작업물의 퀄리티를 더 신경 쓸 수밖에 없다.

퀄리티를 높이려면 무작정 일을 받아서는 안 된다. 하지만 또 최소한의 생활비는 벌어야 하니 안 받기도 어렵다. 생계와 일이라는 시소에서 균형을 잘 잡아야 하므로 처음부터 철저한 시간 관리가 필요하다. 나는 그걸 2년쯤 주경야경(晝耕夜耕) 하며 고생하고서야 깨달았다.

내가 하루에 감당할 수 있는 번역량은?

전업 도서 번역가로 생계를 유지하려면 무엇보다 시간 안배가 가장 중요하다고 생각한다. 시간을 잘 안배하기 전에 가장 먼저 알아야 하는 것이 있다. 바로 내가 하루에 감당할 수 있는 번역량이다. 지금 나는 가능하면 하루에 아무리 많아도 8천 자 이상 (난도가 높은 작업물은 7천 자), 10시간 이상은 일하지 않으려고 한다. 휴식과 인풋을 위한 시간을 만들기 위해서다. 물론 이렇게 마지노선을 정하게 된 것도 1년 남짓이다.

초반 2년에는 정말 기계처럼 사생활 없이 살았다. 내 몸 하나 건사하는 데도 드는 최소한의 비용이 있으니 그만큼을 충당할 돈을 벌어야 했다. 앞에서도 말했듯 집세며 관리비, 1년에 병원 가는 날이 하루는커녕 한 시간도 될까 말까 한 내게는 너무나도 치명적인 건강보험료까지…. 이 나이 먹고 부모님께 용돈을 척척 안겨주지는 못할망정 손을 벌릴 수는 없으니 더 아등바등했던 것 같다.

처음에는 영상 번역도 병행하다 보니 거의 매주 마감을 해야 해서 더 혼란스러웠다. 이것도 해야 할 것 같고 저것도 해야 할 것 같아서 정신 못 차리고 일을 받았다가 정말 두 달 가까이 하루에 예닐곱 시간만 자고 밥도 대충 먹으면서 열댓 시간을 꼬박 일한 적도 있다.

그런데 그런 패턴이 1년 넘게 반복되니 약간 그로기 상태가 왔다. 일을 하고는 있는데 진도가 나가지 않았다. 마감은 해야 하는데 기계적으로 옮기고 있었다. 더 나은 표현은 없을지 고민하지 않고 전에 안전하게 통과되었던 표현을 습관적으로 기억에서 끄집어내 썼다. 아웃풋도 인풋이 있어야 나오는 법인데 인풋은 어디 가고 냅다 아웃풋만 만들어냈으니 과부하에 걸릴밖에. 실력이랄 것도 없는 주제에 과욕을 부린 거다. (아, 인정하기 싫어라)

그 과욕의 시작은 불안이었다. 프리랜서의 평생 동반자 중 하나인, 언제 일이 끊길지 모른다는 불안. 하지만 실력도 없으면서 과욕을 부리면 불안을 만나기도 전에 번역과 짜이찌엔 한다는 생각을 못 했다. 그렇다고 통장이 빵빵했느냐, 그것도 아니다. 속도를 충분히 내지 못하니 작업하는 데 걸리는 시간도 상당했다. 결국 이러지도 저러지도 못하는 혼돈 속에서 일단 꾸역꾸역 마감을 했다.

이런 일이 있고 난 후, 일정한 작업 루틴이 필요하다고 생각하게 되었다. 그리고 내가 감당할 수 있는 번역량을 정확히 파악하고 하루의 시간도 어떻게 분배하는 것이 좋을지 고민하기 시작했다.

그때의 교정 대란이 없었더라면

도서 번역은 작업 일정을 잘 짜는 일이 무엇보다 중요하다. 영상 번역은 주 5편 납품이거나 주 3편 납품, 영화는 주 1편 납품 이런 식이라 시간 안배가 아주 어렵지는 않았다.

하지만 책은 짧으면 두 달, 길면 석 달에서 여섯 달까지도 가니 차이가 컸다. 그래서 여유롭게 생각하다가는 마감이 촉박해지기 일쑤다. 마감 기간이 길어서 여유 좀 부려도 괜찮겠지 싶지만, 그 하루 이틀이 순식간에 1주, 2주가 되고 한 달, 두 달이 된다. 그럼 남는 건 마감에 대한 압박과 완성도에 대한 불안뿐이다. 이것도 거저 알게 되었다면 좋았겠지만, 나는 또 쓰라린 경험을 하고서야 깨달았다. 하나를 가르쳐주면 열까지는 바라지 않아도 둘 정도만 알아도 좋을 것을, 어쩜 그렇게 하나 가르치면 하나를 겨우 아는지.

처음 맡은 번역서를 생각하면 아직도 눈앞이 깜깜해진다. 출판사에서 자그마치 6개월이라는 시간을 주었는데도 나는 정말 부끄럽기 짝이 없는 결과물을 보냈다. 보낼 땐 내가 그렇게 보낸 줄 까맣게 몰랐다. 교정 일정을 논의하는 메일을 받고 나는 심장이 철렁했다. 뭘 그렇게 고칠 게 많은 걸까? 내가 뭘 잘못한 거지? 별의별 생각이 다 들었다. 그리고 교정자분이 교정 본 원고에 메모를 달아 확인할 것들을 메일로 보내주셨는데, 그때는 정말… 지구 코어까지 파고들 수 있다면 그럴 수도 있을 만큼 부끄러웠다.

다시 보니까 교정자분이 체크해준 내용 말고도 문장이 거슬려서 고쳐야 할 부분이 한둘이 아니었다. 내가 편집자였다면 다시는 내게 일을 맡기지 않을 거라는 생각이 들 정도였다. 나를 에이전시에 추천해주신 선생님을 볼 면목이 없었다. 그리고 에이전시에서 다시는 내게 연락을 주지 않으면 어쩌나 두려웠다. 속으로 '그러게 진작 잘하지 그랬니!' 하는 생각을 얼마나 했는지 모른다.

당시 그 일은 내가 가늠했던 작업 가능 분량을 기준으로 생각했을 때 두 달 정도면 충분히 끝낼 수 있는 원고였다. 애니메이션 시나리오 번역을 하고 있던 터라 머릿속에 글자 수 기준으로 하루 작업 분량이 세워져 있었는데 그땐 보통 하루에 1만 자 정도를 기준으로 세팅되어 있었다. 그래서 먼저 하던 시나리오 번역과 다른 VOD 번역 작업을 마무리하는 틈틈이 책을 읽어보면서 첫 달을 매우 여유롭게 흘려보냈다.

그런데 갑자기 인테리어 책 한 권이 들어왔다. 분량이 보통 책의 절반 정도밖에 안 되기도 해서 거절하기가 좀 아까웠다. 이 책을 번역하고 다른 책을 해도 시간이 될 것 같아 덥석 받았다. 시간이 많이 남았단 생각에 첫 번째 책의 번역은 세월아 네월아 하며 매우 천천히 하고 있었다. 달팽이가 비웃으며 지나갈 정도로 느려터지게.

마감까지 석 달 정도 남은 어느 날, 이번에는 시트콤 번역이 들어왔다. 책 번역이 걸려 있는 터라 공동 작업으로 일주일에 세 편을 하기로 했다. 이 거래처에서 주는 일을 하고 싶다는 욕심, 그것 하나 때문에 또 덥석 받았다. 쉬는 날도 없이 하루하루가 흘러갔다. 그러다가 결국 지친 나는 열다섯 편 정도만 진행하고 그 일을 그만두었다. 처음 맡은 책의 마감일까지 일정이 너무 빡빡해졌기 때문이었다.

여러모로 영상 번역 일을 맡겨준 회사에도 민폐가 아닐 수 없었다. 이 바닥의 베테랑 중의 베테랑이신 사장님께서는 생초보인 내 사정을 이해한다고 말씀해주셨지만, 난 정말이지 쥐구멍에라도 숨고 싶은 심정이었다. 스케줄 관리 하나 제대로 못 하는 프리랜서 번역가라니. 누가 나와 일하고 싶겠는가. 정말 좌절의 연속이었다. 이런 일을 겪으며 마감을 겨우 지켜서 보낸 원고에는 교정 대란이 일어난 것이다.

자그마치 6개월이란 시간이 있었는데 왜 막판에 번역 일정이 빡빡해졌을까? 어째서 그런 처참한 결과물을 보내게 된 걸까? 당시 6개월을 돌이켜보면 패착이 한둘이 아니었다. 그중에 큰 문제점 두 가지만 꼽아보면 이렇다.

첫째, 아동용 애니메이션과 성인 대상 자기계발서의 문장 난이도 차이를 고려하지 않고 하루 번역 가능한 분량을 너무 많이 잡았다. 6~8세 아이들을 대상으로 하는 문장이 어려우면 얼마나 어렵겠는가. 더구나 애니메이션 시나리오의 경우 회차를 거듭할수록 싸우는 장면도 패턴도 비슷해져서 작업에 익숙해진 상태였다. 모든 꼭지가 다른 내용을 다루는 책 작업 분량을 번역이 쉬운 아동용 애니메이션의 시나리오와 같은 기준으로 계산했으니 결국 하루에 내가 제대로 해낼 수 있는 분량에 차이가 있었던 거다.

난도가 있는 순수 문학 작품이나 고전이었다면 시간이 더 들었을 게 분명하다. 게다가 1만 자 번역하려고 열두 시간을 꼬박 들였던 것은 까맣게 잊고 뭉뚱그려서 하루라고 생각했다. 시간에 대한 개념도 엉망이었다. 그 결과 마감일 전까지 매일 피를 토하며 일했다.

둘째, 거절했어야 마땅할 일을 거절하지 못하고 받아 그로기 상태를 자초했다. 내 현재 실력이 그만큼의 일을 거뜬히 해낼 수 있지 못한데 그 사실은 간과하고 일을 받았으니 결과물이 그럴 수밖에. 불안에 '또' 지고 말았던 것이다. 언제 일이 끊길지 모르는 프리랜서로 지낸 시간이 오히려 해가 되었다고나 할까. 물 들어올 때 노 저어야 한다는 생각이 뿌리 깊게 박혀 있어서 대충 머릿속으로만 일정을 계산해보고 '까짓거 못할 게 뭐야, 좀 못 쉬면 어때, 일 끝내고 쉬면 되지!' 하고 넙죽넙죽 "감사합니다" 하고 받았다. 번역가가 되기 전부터 프리랜서로 지낸 경험은 상당 부분에서 내가 번역가로 자리를 잡아가는 데 도움이 되었지만 이 경우만큼은 독이었다.

고생고생해서 얻은 것일수록 소중하게 여긴다고 했던가. 이 경험으로 책은 짧게 마감을 쳐내고 끝낼 수 있는 일이 아니고 긴 호흡을 잘 꾸려나가야 하는 일이라는 사실을 뼈저리게 깨달았다. 주제넘게 과욕을 부리면 안 된다는 사실도 더불어 깨달았다.

무엇보다 작업 루틴을 빨리 구축해야겠다고 생각한 나는 매일매일 일하는 양을 조절하고 번역에 소모되는 에너지를 채우는 시간을 가지려고 노력하면서 일과 일상의 밸런스를 맞춰가기 시작했다. 일명 나만의 작업 루틴 만들기를 시작한 것이다.

루틴을 만드니 워라밸이 따라오더라

워라밸은 저절로 생기는 게 아니었는데, 몰랐다. '일 들어오면 바짝 하고 며칠 신나게 놀면 그게 워라밸이지, 뭐' 하고 안일하게 생각했다.

출퇴근하는 사람들처럼 나만의 일정한 루틴을 만들었다. 그랬더니 워라밸도 자연스럽게 형성되었다. 특히 도서 번역은 앞서도 언급했듯 단기간에 쳐내고 끝낼 수 있는 일이 아니라 매일 조금씩 꾸준히 해야 하는 일이다. 긴 시간의 작업을 잘 마무리하기 위해서도 루틴은 꼭 필요하다.

내 경우를 구체적인 예로 들어보겠다. 나는 이른 아침에는 정말 정신을 못 차린다. 대체로 정신이 좀 들기 시작하는 게 11시다. 그래서 아예 일은 12시나 1시부터 시작한다. 자유기고가로 일할 때는 거래처가 업무를 시작하고 내게 연락하는 시간을 고려해 대체로 9시 반에는 깨어 있으려고 했다. 가능하면 연락이 왔을 때 바로 답변을 줄 수 있는 편이 좋으니까. 그때의 습관 덕분에 아무리 늦잠을 자더라도 10시에는 일어나는 편이고 보통 9시 반이면 눈을 뜬다. 일어나면 운동이라기엔 민망한 스트레칭을 가볍게 하고 간단히 아침을 만들어 먹는다.

눈을 떠서 씻고 아침을 만드는 동안에는 중국어 오디오북을 듣는다. 번역 중인 소설이 오디오북이 있으면 그날 번역할 분량을 아침에 미리 듣기도 하고 아니면 중국 라디오나 흥미로운 콘텐츠 중에 골라 듣기도 한다.

아침을 먹고 12시 전까지는 책을 좀 읽는다거나 드라마를 보거나 고양이랑 논다. 다른 할 일이 있으면 그때 처리하기도 한다. 그리고 12시에서 12시 반 즈음에는 책상 앞에 앉는 편이다. 다섯 시간쯤 일하고 냥이들 볕미도 좀 챙겨주고 내 저녁도 챙겨 먹으면서 드라마도 보고 쉰다. 그리고 7시나 7시 반쯤에는 저녁 일을 시작하는데 아무리 늦어도 12시 전에는 컴퓨터를 끄는 편이다.

특별히 무리한 상황이 발생하지 않으면 내가 평균적으로 잡는 번역량은 11시면 충분히 끝난다. 집중 못 하고 딴짓 열전이 이어지면 밤 12시 넘어서까지 붙들고 늘어지기도 하지만. 그리고 새벽 2시, 2시 반까지는 영화를 한 편 본다거나 책을 읽거나 일기를 끄적거리면서 하루를 마감한다.

이건 다른 약속이 없을 때의 일상적인 루틴이다. 누군가를 만날 일이 생기거나 다른 용무로 외출할 일이 생기면 그 안에서 일정을 조율한다. 작업을 조금 일찍 시작한다든가 아니면 낮에 만나고 저녁 작업 시간을 좀 더 늦게까지 맞춘다든가. 아니면 아예 그날 하루를 변수로 생각하고 작업 일정에서 제외한다.

물론 매일 오디오북을 듣는 것도 아니고 매일 책을 읽는 것도 아니다. 그 안에서만큼은 그때 하고 싶은 걸 하는 편이다. 잠이 더 오면 그냥 한두 시간 더 자고 일어나기도 한다. 취향을 저격하는 드라마를 만나면 밤새워 드라마를 보고 다음 날 '돌았구나, 김희정' 하고 반성하기도 한다.

내가 기계도 아니고 어떻게 맨날 계획대로 살겠는가. 다만 내 생체 리듬에 잘 맞는 작업 시간대를 알고 어느 정도 일하는 시간을 정해 습관화해두니 하루의 시간을 좀 더 유용하게 쓸 수 있게 되었다. 나아가 하루의 루틴이 생기니 일주일, 한 달, 두 달의 긴 시간도 더 내 삶에 맞춰 유용하게 꾸려나갈 수 있게 되었다.

도서 번역은

매일 조금씩 꾸준히 해야 하는 일이다.

긴 시간의 작업을 잘 마무리하기 위해서도

루틴은 꼭 필요하다.

초등학생이 된 마음으로 번역 계획표 짜기

초등학교 때는 방학이면 일일 계획표를 짜서 제출해야 했다. 나 때도 예외는 아니었는데, 그 일이 내게는 너무나도 고역이었다. 몇 시에 일어나고, 몇 시부터 몇 시까지는 뭘 하고…. 어차피 지키지도 못할 계획을 뭐 그리 열심히 세우라는 건지, 이해가 되지 않았다. 대책 없이 빽빽하게 계획표만 만들어서 냈다. 그래도 당시의 경험이 밑거름된 걸까. 루틴을 만들고부터 나는 그때 못지않게 번역 계획표를 꼼꼼하게 짠다.

다른 번역가들이 작업 시간을 분배하는 방식과 크게 다르지 않겠지만, 내 경우를 구체적으로 적어보자면 이렇다. (내가 무슨 대단한 베테랑 번역가도 아니고 꼭 이렇게 해야 하는 것은 아니다. 최대한의 시간 확보를 위해 계획을 짜는 나의 경우를 예로 드는 것뿐이다)

출판사에서 내게 번역을 맡기기로 했다는 연락을 받고 원고가 도착하면 일단 전체 분량을 계산한다. 하루에 몇 페이지 이런 식이다. 250페이지 책을 예로 들면, 난이도에 따라 분량은 조절되지만 대체로 하루에 최소 10페이지는 번역해야 한다. 고문에 고시가 수두룩하게 나오는 작품이라면 그보다 훨씬 더 걸리겠지만, 일반실용서 내지는 무난한 장르소설물을 기준으로 10페이지 정도 잡는다. 당연하겠지만 미리 책을 읽어보면서 등장인물, 관계, 배경 등을 숙지하는 일정도 비워둔다. 번역에 들어가기 전에 먼저 책을 한 번 쭉 읽으면서 내용도 파악하고 난이도도 가늠해본다. 여기에 번역가의 스타일에 따라 다르겠지만 추가 작업 일정, 즉 검토 및 마무리 일정이 더해진다.

한 번에 완벽하게 번역한 다음 쭉 훑어보고 끝내는 사람이 있는가 하면, 다시 보고 수정을 거치는 사람도 있다. 내 경우는 전적으로 후자다. 아직 부족함이 많아서 더 그렇겠지만, 우선 1차로 번역을 하고 며칠 있다가 문장이 조금 낯설어지면 다시 한번 검토한다. 이때 원문과 대조해가면서 다시 본다. 누락은 없는지, 혹시 놓친 건 없는지 이 과정에서 확인한다. 그렇기 때문에 이 과정에도 상당한 시간을 투자하며 번역 중간중간 검토 교정을 병행한다. 1장 번역이 끝나면 2장을 번역하고 다시 1장부터 2장까지 검토하는 식이다. 이런 방식으로 하면 한 장마다 최소한 2~3일의 텀이 생기니 낯선 눈으로 꼼꼼하게 볼 수 있다. 그리고 이 검토 과정까지 끝나면 텀을 좀 더 두었다가 마감 전에 최종적으로 번역본을 다시 읽어보고 수정해서 보낸다. 여유가 있으면 더 보기도 한다. 그러나 분량 대비 작업 기간이 빠듯하게 주어지는 경우도 많아서 여유 있게 챙겨보기는 쉽지 않다.

책 한 권만 작업하면 여유롭게 번역할 수 있을 스케줄이 나온다. 하지만 사람 일 모르는 거라고, 무슨 일이 언제 어떻게 생길지 정말 모른다. 이 변수도 항상 머릿속에 고려해두는 게 좋다. 여유 일정을 잡아두어야 상황에 맞춰 조정이 가능하고 마감 전까지 일을 제대로 마칠 수 있다.

이를테면, 컨디션도 고려해야 한다. 사람이 어떻게 항상 컨디션이 100%로 좋을 수 있겠는가. 나는 한 달에 한 번, 마법에 걸리면 첫날은 꼼짝도 못 한다. 한 사나흘은 다른 때보다 집중력도 떨어지는 편이다. 그럼 다른 때보다 번역을 많이 못 한다. 그냥 몸이 무겁고 머리가 안 돌아가는 날도 있다. 그래서 이런 경우들을 변수로 고려해두고 일정을 잡는다. 많이 빼지는 못하지만 그 여유가 숨통을 틔워준

적이 한두 번이 아니다.

어디 그뿐인가. 전업일 경우 책 한 권만 번역해서는 먹고 살기 어렵다. 번역료도 마감하고 이르면 다음 달, 아니면 다음다음 달에 들어온다. 차일피일 미뤄지는 일도 있다. (다행스럽게도 나는 아직 그런 적은 없다. 6개월 만에 들어온 적은 있었지만) 그러니 다달이 지출해야 하는 생활비를 고려해 다른 일을 병행하지 않을 수 없으니 이런 부분도 번역 계획표에 넣어야 한다. 출판 번역 수업 당시, 선생님께서도 책 두 권 정도는 같이 하신다고 했다. 오전에는 A 책을 번역하고 오후에는 B 책을 번역하는 식으로 꾸려 가신다고 한다.

나는 이렇게 매일 숫자와 머릿속에서 사투를 벌인다. 하루라도, 아니 반나절이라도 번역할 시간이 빠지면 일정을 어떻게 조절해야 할지 분량을 재분배하고 날짜를 요리조리 뺐다 넣었다 난리가 난다. 오늘 세 페이지를 못 하면 '이 세 페이지를 어디에서 메꾸지. 하아, 이렇게 나의 휴일 하루가 또 날아가는구나!' 하거나 '맞다, 예비로 빼둔 날짜가 하루 있었지!', '하루에 500자씩 더 번역하면 4일이면 메꿔지겠네?' 하는 식이다.

일과를 마치고 나면 '그래서 내가 오늘은 몇 페이지나 번역했지? 오늘 분량을 잘 채웠나?' 확인하면서 엑셀 시트의 오늘 칸을 예쁜 색으로 칠한다. 그럼 그게 또 그렇게 뿌듯할 수가 없다.

주력 분야는 갖되 한 분야에 얽매이지 말기

세상 모든 일이 그러하겠지만, 번역 역시 오래 해나가려면 시간 관리 외에도 여러 방면의 노력이 필요하다.

나는 지금 도서 번역을 주로 하고 있고 앞으로도 그럴 예정이지만 간간이 영상 번역도 병행한다. 처음에는 도서 번역을 할 기회가 없어서 영상 번역 일을 더 많이 했고 그러면서 영상 번역의 재미에 빠져 지냈다. 하지만 얼마 지나지 않아 도서 번역을 시작하게 되었고 꾸준히 일감이 이어지면서 지금은 도서 번역을 위주로 하고 있다.

그리 길지 않은 경력에도 내가 도서물 위주로 번역 일을 할 수 있게 된 건 아마도 우리나라의 웹 소설, 웹툰 시장이 끝없이 커지고 있는 데다 중국에서 드라마화, 영화화된 괜찮은 소설이 우리나라에 많이 수입되면서 번역할 기회가 늘어난 덕분이 아닐까 생각한다.

사실 서구권이나 일어권의 장르 소설들은 많이 보편화되어 익숙한 데 반해 중국의 장르 소설은 물꼬가 트인 지 얼마 되지 않아 아직은 파이도 크지 않고 낯선 편이다. 그래도 흥미로운 소재를 바탕으로 한 소설들이 다양하고 동양 판타지인 무협, 선협(무협에 신선, 설화 등이 결합된 장르)처럼 그들만의 특징이 잘 살아 있는 소설도 많아서 한국에서의 시장이 더 커져 나갈 여지가 있다고 생각한다.

도서 번역을 주로 하지만 영상번역을 아예 놓을 생각은 없다. 두 가지를 병행하는 건 나 자신의 가능성을 확장하는 일이기도 하고 단조로울 수 있는 번역 일상에 변화를 만들어주기 때문이다. 처음에는 전혀 다른 스타일의 번역에 '이렇게 번역하는 게 맞을까?', '너무 만연체는 아닐까?', '너무 내용을 뭉뚱그린 건 아닐까?' 하는 등 긴가민가 고민하는 시간도 많고 좌충우돌 시행착오도 많이 겪었다. 그런데 하다 보니 쌍방향으로 자극도 되고 일도 더 재미있게 할 수 있었다.

영상 번역을 병행하면 우선 작업 중간중간 기분전환이 된다. 도서 번역은 번역을 완료하기까지의 기간이 길어서 책 하나만 붙들고 있으면 좀 답답할 때도 있는데, 그럴 때 영상물이 감초가 되어준다. 삼시 세끼 밥만 먹다가 파스타 한 그릇, 피자 한 판 먹으면 그게 그렇게 꿀맛이듯 영상 번역이 내게 그렇다. 또 피자로 속이 느끼해지면 칼칼한 김치찌개로 다시 달래 줄 수도 있으니 이보다 더 꿀 조합은 없다.

그리고 요즘 웹 기반 장르 소설은 출판본이 나오기 전 웹 연재가 기본이 되다 보니 일반실용서와 달리 문장 진행이 훨씬 구어체에 가깝고 대화 중심으로 흐르며 장면이나 감정을 묘사하는 내용이 많다. 어떤 작가분이 웹 소설을 눈으로 읽는 드라마라고 했는데, 정확한 표현이라고 생각한다. 그래서 구어체가 기본이 되는 영상번역이나 장면 묘사가 많은 시나리오 번역 경험이 도서 번역에 꽤 도움이 된다.

웹 장르 소설에 전혀 관심을 두고 있지 않던 나는 처음으로 추리 로맨스 번역을 의뢰받았을 때 우리나라 웹 소설

플랫폼에 발을 들이고 조금씩 배워나갔다. 하지만 당장 번역이 급한데 마냥 읽고만 있을 수는 없는 노릇이었다. 다행히 구어체가 중심인 영상물이나 장면 묘사를 디테일하게 옮겨야 하는 시나리오 번역 경험이 있어서 당시 추리 로맨스 소설을 번역하는 데 많은 도움이 되었다.

나야 배운 게 번역과 글쓰기뿐이라 다른 선택의 여지가 없지만, 관심 있는 다른 분야가 있다면 그 분야로도 활동 영역을 확장할 수 있을 것이다. 번역 분야 내에서 영역을 넓힐 수도 있다. 이를테면 중국 게임 번역 시장도 상당히 규모가 있다고 알고 있다. 게임 번역을 전문으로 하는 번역 회사도 있다. 전문 분야에서 오래 일한 사람이라면 그 분야의 기술 번역도 생각해볼 수 있겠다.

아니면 다른 갈래로 뻗어 나갈 수도 있다. 글쓰기나 강의로 영역을 넓힐 수도 있고 자신만의 차별화된 콘텐츠가 있다면 유튜버로도 영역을 확장할 수 있다. 한 분야에 전문성을 가진 사람은 다양한 재능을 발휘할 기회도 채널도 많아진 시대니까 불가능한 일은 아니다. 그렇게 되면 나를 찾는 곳도 더 많아질 테니, 최소한 굶어 죽는 일은 없지 않을까?

도서 번역과 영상 번역을 둘 다 하니 무엇보다 한 분야의 번역만 하는 것보다 일할 때 활력이 된다. 그래서 가능하면 두 마리 토끼를 놓치지 않고 잘 잡으며 가고 싶다. 전에는 전혀 다른 스타일의 일을 병행하면 힘들지 않으냐, 같이 하는 게 가능하냐고 누가 물어보면 뭐라고 대답할지 몰라 망설였다. 그런데 이제는 고작 몇 년의 경험에도 거리낌 없이 말할 수 있다. "가능하다면 둘 다 하세요. 번역가로서 활동 영역이 확장될 거예요."라고 말이다.

동료는 나의 에너자이저

중국어 번역가로 살아온 4년 동안의 원동력 중 하나는 뭐니 뭐니 해도 동료다. 출판 쪽은 아니고 영상 쪽이지만, 함께 번역에 대해 고민하고 이야기 나눌 수 있는 동료가 있다는 사실은 정말 큰 힘이다. 재미와는 별개로 이 일은 어쨌든 외롭게 중국어와 고군분투해야 하는 일이기에 이따금 힘들거나 지칠 때가 있다. 그럴 때면 나는 동료에게 위로받고 하하 호호 웃으며 일을 이어갈 수 있었다.

이런 좋은 동료 중 한 사람은 내 번역 스승님이다. 영상 번역 수업을 심화 과정까지 총 18주간 들으면서 시작된 인연이 어느새 5년을 이어오고 있다. 장시간 전화를 붙들고 하소연을 늘어놓아도 싫다 소리 한 번 안 하고 토닥토닥 잘하고 있다고 응원해주는 분이다. 찐팬이 번역의 아쉬움을 토로하며 한껏 주눅 들어 있으면 유경험자로서 번역에 관해 조언해주면서도 거침없이 팔을 안으로 굽혀 내 편에 서준다.

번역일을 시작하고 얼마 되지 않았을 때였다. 시나리오 번역을 하는데, 감수본을 받아 보니 누락된 부분이 있었다. 그것도 꼭 한 줄씩. 길지 않은 문장 하나라도 누락은 있을 수 없는 일이다. 꼼꼼의 끝판왕을 달려도 모자랄 번역가가 어찌 이럴 수 있단 말인가 싶어 좌절한 나는 SOS를 치듯 번역 스승님에게 전화를 걸어 상담을 빙자한 하소연을 장시간 구구절절 늘어놓은 끝에 마음을 다잡을 수 있었다.

"처음엔 그럴 수 있죠. 그렇게 배워나가는 거 아닌가? 다음엔 200%로 확대해놓고 봐요. 그럼 안 놓칠 거야. 그리고 일 시작한 지 얼마 됐다고 그래요. 차차 나아질 거예요. 토요일에 나와요, 우리 맛있는 밥 먹자."

별거 아닌 말 같지만, 초보이고 자신감이 부족한 내게는 이런 응원이 꾸준히 번역을 이어갈 힘이 되어준다.

다른 두 사람은 아카데미에서 함께 번역 수업을 들은 동기다. 난해한 표현이 나오면 같이 고민하고 (일방적으로 내가 물어본 게 더 많은 것 같지만), 재미있는 드라마나 배우 얘기도 나누고, 고수의 경지에 있는 스승님은 모를 초짜 번역가의 고민도 함께 나누곤 한다. 서로 영역을 더 넓혀보라며 정보를 나누기도 하고 무조건 잘할 수 있다며 무한 긍정의 응원을 퍼붓기도 한다. 물론 혼자 하기 힘든 일정으로 드라마 번역이 들어왔을 때 시간을 맞춰 같이 작업할 수도 있으니 모르는 사람과 일하는 것보다 훨씬 즐겁다. 상대의 발전하는 모습을 보면서 나도 자극받아 더 열심히 하게 되기도 한다.

번역은 결국 집이든 작업실이든 어딘가에 혼자 처박혀서 해야 하는 일이다 보니 적절히 해소해주어야 할 감정들을 풀어내기가 쉽지 않다. 회사처럼 아프거나 일이 생겨서 결근하면 대신 처리해줄 수 있는 누군가가 있는 것도 아니고 항상 컴퓨터 모니터 앞에 앉아 홀로 인터넷과 사전의 바다에서 허우적거려야 한다.

모든 일을 혼자 해내려다 보면 아무리 슈퍼맨이라도 버겁기 마련이다. 그렇게 막막할 때마다 동료들은 내가 혼자가 아니라는 사실을 깨닫게 해준다. 우울할 때면 잘생긴 배우가 나오는 드라마를 추천해주며 위로도 해주고 어이없는 일을 당할 때면 같이 격노해주기도 한다. 번역 공동체로서 함께하는 미래를 그려보기도 한다.

한번은 고충 토로로 시작한 동료와의 통화가 다섯 시간이나 이어진 적이 있다. 우리의 대화는 어느 순간 드라마 이야기, 소설 이야기, 배우 이야기, 중국 이야기 등 공통 관심사로 확장되더니 끝에 가서는 우리가 직접 영화며 소설이며 재미있는 작품 판권을 사 와서 번역하자는 미래의 계획에까지 이어졌다.

번역가로서의 현재 삶을 꾸준히 이어가고 성장해나가는 데 동료의 존재는 상당히 든든한 힘이 된다. 간혹 이제 막 번역에 발을 들인 사람들이 이런저런 번역에 관한 이야기를 물어오면 번역가 카페에 가입하든, 함께 수업을 들은 동기와 관계를 이어가든, 동료를 만들라는 이야기를 꼭 해주곤 한다. 믿고 기댈 존재가 있다는 것만으로도 분명 번역이라는 망망대해에서 헤엄칠 힘을 얻을 테니까.

각오가 된 그대, 웰컴 투 노예 월드?

사실 좋아서 이 일로 밥 벌어먹으며 살고 있으면서도 선뜻 누군가에게 함께하자는 말을 건네기는 쉽지 않다. 도서번역만의 이슈는 아니겠지만 번역 단가는 쉽게 오르지 않는다. 사실 조금 다른 분야지만 자유기고가 쪽도 상황은 비슷하다. 원고료는 안 깎이는 것만도 다행이라고 한탄할 때가 많다. 사보 같은 것도 매년 기획료부터 깎고 본다.

이 일을 즐겁게 오래 하려면 번역으로 얻는 수입에 대한 기대치를 훅 낮추는 편이 현명하다는 게 내 웃픈 결론이다. (이래도 되나 싶을 만큼 내 기대치는 바닥에 있다) 이대로 먹고 살 수 없다는 사람은 번역 가능한 분야를 확장하거나 다른 수입원을 마련하는 것도 방법이겠다. 그럼에도 할 사람은 결국 하게 될 터라, 그런 이들에게는 서슴없이 환영한다는 말을 건네고 싶다.

노예라는 말이 주는 거부감이 좀 있지만, 사실 번역가는 원문이라는 텍스트가 있고 그것이 바탕이 되어야 하므로 자유롭기보다는 한없이 그 원문의 언어에 얽매일 수밖에 없는 노예다. 어떤 단어로 원어를 치환할지, 어떤 구조로 문장을 엮을지, 어디까지 개입해도 될지 모든 과정이 번역가의 선택이지만, 결국 원문의 뜻을 가장 잘 전달할 수 있어야 한다는 점에서 마냥 자유롭지만은 않다. 단순한 문장이라도 작가의 의도를 잘 전달하고 있는지 의문을 거듭하게 된다.

거기에 '먹고', '사는' 문제까지 더해지면 시간과 분량이라는 숫자에도 얽매일 수밖에 없다. 단어 하나, 문장 하나에 한없이 매달려 있을 수만은 없는 노릇이니 그저 주어진 시간 내에 내가 가진 최대한을 뽑아낼 뿐이다.

그래도 내게 도서 번역은 다른 건 몰라도 가심비(가격 대비 만족도)만큼은 꽤 높은 일이다. 모든 번역가가 그렇다고 단언할 수는 없겠지만, 이 일을 하고 있고 계속하려는 사람들은 대체로 그렇지 않을까?

수많은 경로 이탈과 새로운 경로 탐색 끝에 도착한 이곳에 나는 오래 머물고 싶다. 아직도 해보고 싶은 게 많은 나이라 지금 여기가 커리어의 종착점이라고 단정하지는 못하겠다. 하지만 어쩌면 이곳이 종착점이 될지도 모르겠다. 이대로 이곳이 종착점이 되어도 좋겠다고 매일 생각하니까. 그래서 이 일을 오래 하려면 어떤 마음가짐을 가져야 할지 매일 고민한다. (지겹다, 그 고민)

얼마 전에 영상 번역 아카데미 수업에 관해 설명하는 공개 강의에 강사로 참석했는데 그때 어떤 분이 이런 질문을 주셨다.

"제가 영화나 드라마 보는 걸 썩 좋아하지 않는데 이 일을 할 수 있을까요?"

그때 이렇게 대답했다.

"할 수는 있죠. 하지만 일하는 게 즐거울까요? 영상 번역을 하면 매일 드라마고 영화고 같은 작품을 반복해서 보고 또 봐야 해요. 근데 보는 걸 좋아하지 않으면 그만큼 일이 괴롭지 않을까요? 일이 괴로우면 번역이 잘 될까요? 오래

이 일을 해나가려면 좋아하지 않으면 힘들 것 같아요. 저는 그래요."

가성비 떨어지는 일에 가심비라도 높아야 하지 않겠나 하는 내 심정을 꾹꾹 눌러 담은 대답이었다.

도서 번역도 마찬가지라고 생각한다. 책 읽는 걸 싫어하는 사람이라면 매일 번역해야 하는 단어와 문장, 문단과 씨름하는 일이 보통 고역이 아닐 것이다. 번역할 때만큼은 무협 소설의 낭만 자객에, 로맨스 소설의 당찬 주인공에, 마음을 치유하는 심리 상담사에, 논어와 맹자를 가르치는 교수의 모습에 푹 빠져야 일이 즐겁고 지속해서 해나갈 수 있을 것이다.

모 격월간 잡지에서 박여영 편집자의 글을 인상 깊게 읽었는데 그중에서도 '번역은 가장 깊은 읽기다'라는 문장이 특히 와닿았다. 너무나도 맞는 말이라는 생각이 들었다. 책 읽기를 좋아하든 아니든, 문장을 읽고 또 읽어야 하고 때론 문장을 나노 단위까지 분해하며 맥락을 이해해야 하는 도서 번역가를 꿈꾼다면 적어도 읽는다는 행위 자체에 거부감은 없어야 한다고 생각한다. 좋아한다면 더할 나위 없을 테고.

무엇보다 프리랜서라는 환상에서 빠르게 빠져나와 현실 감각으로 똘똘 무장할 수 있는가도 진지하게 고민해보면 좋을 것 같다. 낭만적으로만 이 일을 대해서는 정말 굶어 죽기 딱 좋다. 자린고비처럼 아끼면 가능하려나. 그렇다면 너무 슬플 것 같지만. 어쨌든 번역도 일이니, 기본적으로 시간의 노예가 되고 글자 수의 노예가 되고 편집자에게 보낼 마감 날짜의 노예가 되는 현실도 기꺼이 받아들일 수 있을지 생각해볼 필요가 있다. 부디 그리하여 당신이 이 길에 들어섰을 땐 내가 경험한 흑역사를 피할 수 있기를 바란다.

나는 단순한 덧셈도 틀려서 커튼 봉 길이도 잘못 주문하고 나누기도 못해서 가방걸이도 두 배로 사는 숫자 바보다. 수포자라 문과의 길을 선택했는데, 아이러니하게도 숫자의 노예가 되어 엑셀 시트에 계획표를 만들어두고 매일 분량을 확인하고 일정을 확인하며 고군분투한다.

하지만 숫자의 노예가 되어도 기꺼울 만큼 번역은 참 매력적인 일임이 틀림없다. 무엇보다 출판사에서 보내준 중

내게 도서 번역은 다른 건 몰라도

가심비(가격 대비 만족도)만큼은 꽤 높은 일이다.

모든 번역가가 그렇다고 단언할 수는 없겠지만,

이 일을 하고 있고 계속하려는 사람들은

대체로 그렇지 않을까?

정본을 손에 받아들 때면, 그날은 진심! 밥 안 먹어도 배부르다. 매일 조금이라도 공부하지 않으면 안 되고 시간에 매이지 않으면 안 되지만 그 모든 것이 기꺼울 만큼 재미있다. 가장 좋은 점은 가심비가 높아서인지 매일매일 내 인생이 조금씩 더 마음에 든다는 것. 그러니 아마 생각한 것보다도 조금은 더 오래 이 일을 할 수 있지 않을까?

나는 더 나은 번역가가 되기 위해 매일 노력 중인 햇병아리다. 중국어는 물론이고 한국어 공부도 계속해야 하고, 해석에만 그치지 않는 더 나은 문장을 만들기 위해 많이 읽고 배워야 한다. 에이전시를 통해서 혹은 다른 업체에서 의뢰받는 것만이 아닌 직접 책을 골라 기획도 해보아야 한다. 출판 번역 안에서도 탐색해보아야 할 일이 아직 많다.

간단히 말하면 갈 길이 까마득한 번역가란 소리다. 그런 나의 이야기가 괜히 '라떼 is horse (나 때는 말이야)' 같은 주제넘은 소리가 될까 봐 이 글을 쓰는 내내 걱정이었다. 그래도 경험 많은 다른 번역가분들과 함께여서 다행이다. 그분들의 이야기와 더불어 나의 부끄러운 경험이 도서 번역가를 희망하지만 길을 찾지 못해 막막했던 누군가에게 조금이나마 방향을 가늠할 수 있는 작은 안내판 하나가 되기를 소망한다.

p.s. 궁금한 점이 있다면 언제든 블로그에서 말을 건네주세요. 아는 한에서 최선을 다해 답변해드리겠습니다. :)

책과 함께할 수 있는 이 생활이
더할 나위 없이 행복하다

일본어 번역가 조민경

취미로 시작한 일본어가 일상이 된 일본어 번역가. 출판 번역으로 시작하여 산업 번역으로까지 영역을 넓혔다. 다양한 분야의 서적 등을 통해 독자와 만나는 것이 인생의 낙인 자타공인 집순이. 역서로는 《리듬 식사 다이어트》, 《맛있는 산행기》, 《이웃고 사랑하는 비비 레인》 등이 있다.

이메일 minism902@naver.com
블로그 https://blog.naver.com/minism902

야누스,
만화와 라이트노벨의 두 얼굴

조민경

꿈은 다가오는 것이 아니라 다가가는 것

"민짱은 꿈이 뭐야?"

특별할 것 없는 한 마디였다. 하지만 그것이 꿈의 시작이 될 줄 그땐 미처 몰랐다.

어렸을 때는 꿈이 많았다. 티 없이 맑고 순수하던 어린 시절, 능력도 적성도 재능도 따지지 않고 내 눈에 재미있고 즐거워 보이는 것들은 모두 꿈이 되었다. 뭐든 다 될 수 있을 것만 같았고 세상은 재미있는 일투성이였다.

하지만 나이를 먹고 현실을 알게 되면서 나는 점점 겁쟁이가 되어갔다. 갖고 싶어도 가질 수 없는 것이 있고, 하고 싶다는 마음만으로는 할 수 없는 일이 있다는 사실도 깨달았다. 꿈꾸는 일이 조심스러워졌고 점차 좋아하는 것도 하고 싶은 일도 없어졌다. 그저 무사히 고등학교를 졸업하고 원하는 대학에 들어가기만 바랐다.

대학에 들어가고 성인이 되면 저절로 꿈이 생길 줄로만 알았다. 마치 운명처럼 어느 순간 내게 다가올 줄로만 알았다. 아무리 사소한 것이라도 좋으니 앞만 보고 달릴 수 있는 꿈을 갖고 싶었다.

대학교 2학년 겨울방학으로 기억한다. 대학생의 방학은 매우 길다. 그때도 12월 초에 마지막 과목의 기말고사가 끝나며 방학이 시작되었으니 거의 석 달이 방학인 셈이었다. 놀고먹기도 슬슬 지겨워지던 겨울방학의 끝자락, 뭔가 생산적인 일을 하고 싶었다. 자타공인 집순이인 내가 집에서 할 수 있는 생산적인 일이 무엇일까? 생각 끝에 평소 관심이 있던 일본어 공부를 해보기로 했다. 그래서 앞뒤 가리지 않고 무작정 일본 문자인 히라가나와 가타카나를 외웠다. 일본어와 처음 만난 순간이었다. 그땐 몰랐다. 몇 년 뒤에 내가 일본어로 먹고살게 될 것을.

20대 중후반, 일본의 리조트 호텔에서 잠시 일할 기회가 있었다. 당시의 나는 지지부진한 일본어 실력에 답답함을 느끼던 상태였다. 혼자 하는 공부에 한계를 느껴 깊은 고민에 빠져 있었고 마치 운명처럼 어떤 공고를 보게 되었다. 한국관광공사에서 일본의 리조트 호텔과 료칸에서 일할 인턴을 모집한다는 공고였다. 현지에서 생생한 일본어를 접할 좋은 기회였다.

나의 고민에 좋은 해결책이 될 수 있으리라 믿어 의심치 않았기에 곧장 지원했고 감사하게도 합격, 난생처음 외국인 노동자 신분이 되었다. 그리고 그때 함께 일했던 일본인 친구가 했던 질문이 바로 꿈이 무엇이냐는 것이었다. 당시 내가 했던 대답을 똑똑히 기억한다. 꿈에 대해 그다지 깊게 생각해 본 적이 없었는데 질문을 받자마자 대답이 튀어나왔다.

"내 꿈은 번역가야."

말에는 놀라운 힘이 있다. 오죽하면 말이 씨가 된다는 속담까지 있을까. 마음속 깊숙이 간직해왔지만 차마 끄집어내지 못하던 꿈이 말을 통해 밖으로 나온 순간, 내 몸과 마음이 조금씩 움직이기 시작했다.

'한국으로 돌아가면 번역가가 되어야지!'

인생의 회전목마

애니메이션 〈하울의 움직이는 성〉 OST에 '인생의 회전목마'라는 곡이 있다. 돌고 도는 인생을 회전목마에 비유한 제목이다. 나 역시 종종 인생은 회전목마 같다는 생각을 한다. 인생은 회전목마처럼 빙글빙글 돌아가고 있고 그 각각의 방향에는 다양한 길이 펼쳐져 있다. 그중에는 평소에 꿈꾸던 길도 있고, 전혀 생각지 못한 길도 있을 수 있다. 이 회전목마가 어느 방향에서 멈출지는 아무도 모른다. 다만 음악이 끝난 순간 멈춘 방향으로 우리는 뚜벅뚜벅 걸어갈 뿐이다.

살다 보면 이따금 생각지도 못한 일이 벌어지곤 한다. 나 역시 뒤늦게 꾼 번역가라는 꿈이 정말로 이루어질 수 있을지 반신반의했다. 노력은 하겠지만 정말로 이룰 수 있을까? 노력만 하다가 끝나면 어떡하지? 불확실한 미래는 나를 초조하게 만들었다. 하지만 그렇다고 포기하고 싶지는 않았다. 간절한 마음이 통했는지 내 인생의 회전목마는 놀랍게도, 혹은 고맙게도 번역이라는 방향에 멈추어 나를 내려주었고 그렇게 8년이라는 시간이 지났다.

이 세상에는 다양한 종류의 수많은 책이 있다. 당장 서점에만 가 봐도 방대한 양에 압도될 정도로 많은 책이 즐비하다. 그렇게 수많은 책 중에서 나는 주로 만화와 라이트 노벨을 다룬다. 사실 난생처음 번역 작업을 한 책은 일반 실용서였는데 어쩌다 보니 이쪽 장르에 뼈를 묻게 되었다.

이것 역시 회전목마의 농간일까? 다만 확실한 것은, 내가 이 장르를 매우 좋아하는 독자였다는 사실이다. 그리고 직접 번역을 해보며 독자일 때는 몰랐던 새로운 사실을 깨닫게 되었다.

우리 정말 좋았는데

만화는 참 재미있다. 살면서 만화책을 한 번도 보지 않은 사람이 있을까? 책을 별로 좋아하지 않는 사람이라도 만화책은 그나마 친숙하게 느껴질 것이다. 예쁜 그림과 적당한 분량, 큰 독해력을 요구하지 않는 대사. 앉은 자리에서 한 권을 후루룩 읽을 수 있으니 속이 다 시원하다.

독자로서의 나는 만화를 참 좋아했다. 어린 시절에 읽

었던 홍콩 할매 귀신, 만화로 읽는 고전 시리즈, 만화 일기 시리즈 등은 아직도 기억에 생생하다. 월간 만화잡지를 창간호부터 꽤 오랫동안 꼬박꼬박 사서 보기도 했다. 《밍크》라는 만화잡지였는데, 매달 발매일을 손꼽아 기다리던 기억이 난다. 20년도 더 전에 산 만화책이 아직도 책장 한 편에 꽂혀 있기도 하다. 바로 내 인생 만화인 천계영 님의 《오디션》이다. 그때 느꼈던 재미와 다음 권을 기다리던 설렘은 20년이 지난 지금도 생생하게 남아 있다.

그뿐만이 아니다. 여행 차 일본 도쿄에 놀러 간 적이 있었다. 평소에는 좀처럼 밖에 나가지 않기에 한 번 마음 먹고 나가면 줄기차게 돌아다니는 스타일이다. 해외까지 갔으니 갈 곳도 많고 볼 것도 많았다. 1분 1초가 아까우니 부지런히 돌아다녀야 하건만 어찌 된 일인지 내 발걸음은 중고 서점 '북오프'로 향했다. 여지없이 만화책 코너를 서성이다 학창 시절에 재미있게 봤던 만화책이 생각났고 조금의 고민도 없이 단행본 전권을 구매했다. 《파르페틱》이라는 만화책이었는데 무려 22권이었다. 22권이나 되는 책을 이고 지고 지하철을 갈아 타가며 호텔로 갈 때는 내가 무는 보부상도 아니고 이게 뭐 하는 짓인지 솔직히 조금 후회도 했지만, 막상 한국까지 무사히 가져와서 책을 읽으니 고생한 보람이 있다는 생각이 들었다.

이렇게 재미있는 만화를 번역한다는 건 어떤 느낌일까? 이것이야말로 즐기면서 할 수 있는 일이 아닐까? 일도 하고 만화도 보고 돈도 벌고 일거양득이네! 하지만 우리네 인생이 늘 그렇듯 현실은 녹록지 않았다. 우리 정말 좋았는데 네가 나를 이렇게 힘들게 할 줄이야….

이 죽일 놈의 의성어, 의태어

이 세상에는 얼마나 많은 소리와 동작이 존재할까? 우리는 수많은 소리와 동작 속에서 살아간다. 그리고 여기 소리와 동작을 글자로 표현하기 위해 골머리를 앓는 사람이 있다.

의성어와 의태어는 번역의 최대 난제다. 적어도 내게는 그렇다. 심지어 나는 의성어와 의태어에 관한 책까지 샀다. 인터넷 서점에서 관련 서적을 발견한 순간, 마치 어둠

속에서 한 줄기 빛이라도 발견한 듯한 다정한 구원의 손길을 느꼈다. 하지만 그 책도 나의 고민을 다 해결해 주지는 못했다. 이 세상에는 책에 다 담지 못할 만큼 다양한 의성어와 의태어가 존재했던 것이다.

어느 때와 다름없는 어느 날의 일이다. 번역은 참으로 순조로웠다. 예쁜 그림과 흥미진진한 내용. 모든 것이 물 흐르듯 순조로울 터였다. 바로 그 장면이 나오기 전까지는….

마침내 등장한 '그것'이 순조롭던 나의 번역 작업에 급제동을 걸었다. 책 속에서는 무언가가 소리를 내고 있었다. 그렇다. 의성어가 등장한 것이다. 그리고 소리를 내는 존재는 다름 아닌 '올빼미'였다. 나무 위에 앉은 올빼미가 구슬프게 울고 있었다. 마치 내 마음을 대변하듯이…. 네가 부엉이였으면 이런 비탄에 빠지지 않았을 것을…. 작가님을 원망해 봤자 소용없다. 나는 한시라도 빨리 올빼미의 울음소리를 글자로 표현해야 한다. '올뺌~ 올뺌~' 이건 아니다. '웅~ 웅~' 이것도 아닌데. 아무리 머리를 쥐어 짜내도 올빼미가 어떻게 우는지 도저히 모르겠다. 그래, 집단지성을 이용하자. 재빨리 포털 사이트에 '올빼미 울음소리'라고 쳤다. '부엉이는 부엉부엉, 올빼미는 부우우엉부우우엉'? 으아아아아아! 곧장 유튜브에 들어가 올빼미 울음소리를 검색했다. 다행히 몇 개의 동영상이 있었고 곧바로 재생 버튼을 눌렀다. 깊은 밤에 올빼미 울음소리를 들으려니 을씨년스럽다. 누군가 내 다리 내놓으라며 쫓아올 것만 같다. 이쯤 되면 내가 뭐 하는 사람인지도 모르겠다. 결국 '부우~ 부우~' 정도로 타협했던 것으로 기억한다.

무슨 소리인지는 알겠는데 그것을 어떻게 표현해야 할지 좀처럼 생각이 나지 않을 때는 실제로 행동에 옮기는 일도 간혹 있다. 유리잔 안에서 얼음끼리 부딪치는 소리를 듣고자 얼음이 든 유리잔을 흔들어 보거나, 캔 뚜껑을 따 보거나, 종이 다발을 던져보는 등 컴퓨터 앞에서 일하다 말고 느닷없이 알 수 없는 행동을 하는 내 모습을 누가 보기라도 하면 식겁할지도 모르겠다. 하지만 부디 이해해주기를 바란다. 오죽 답답하면 이렇게까지 하겠습니까.

불꽃 튀는 매직아이 한판 대결

만화 속에서는 작가님의 손글씨가 심심치 않게 등장한다. 대부분의 작가님은 예쁜 그림만큼 깔끔한 손글씨를 선보이시지만, 간혹 어린 양을 시험에 들게 하는 악필 작가님도 계신다. 그럴 때면 어김없이 '매직아이 타임'이 시작된다. 두 눈을 집중해서 그림을 들여다보면 새로운 그림 혹은 글씨가 입체적으로 보이는 그 매직아이가 맞다. 그리고 손글씨를 상대로 한 매직아이의 성공률은 처참하리만큼 낮다.

암호 내지는 부적 같은 손글씨를 눈 가까이에 들이댔다가 멀리 떨어뜨렸다가 갖은 짓을 다 해봐도 도무지 알 수가 없다. 심지어 휴대전화로 사진을 찍어서 확대해 보기도 하지만 소용없는 짓이다. 모든 것은 마음먹기에 달렸으니 보인다고 암시하면 보일지도 모른다며 내 안의 잠재의식까지 끄집어내 보려 하지만 성공할 턱이 없다.

악필과는 또 다른 매직아이 타임을 경험한 적이 있다. 다섯 권이 넘게 이어지고 있던 시리즈물이었고 늘 손글씨를 깔끔하게 쓰시는 작가님이셨다. 그런데 느닷없이 괴발개발 손글씨가 등장했다. 적잖이 당황한 나는 저절로 거북목 모드가 되어 모니터에 얼굴을 바싹 들이댔다. 믿었던 작가님의 변모에 그야말로 모골이 송연해졌다.

하지만 배신감에 부들부들 떨 시간은 없다. 언제까지고 매직아이 대결에서 패배할 수만은 없지 않은가. 이번만큼은 반드시 승리하겠노라 위풍당당 눈싸움 한판을 벌이는데 이게 또 강적이었다. 그렇다. 그것은 만취한 등장인물의 대사였다. 곤드레만드레 취한 등장인물의 대사에 느낌을 한껏 살리기 위해, 아마도 반쯤 꼬부라졌을 그의 혀를 괴발개발 손글씨로 표현하신 것이다.

오, 신이시여! 왜 제게 이토록 험난한 시련을 주시나이까! 악필과는 결이 다른 이 손글씨는 차라리 지렁이에 가까웠다. 하지만 엄연히 말풍선 안에 있고, 중간중간 멀쩡한 글씨들이 섞여 있었다. 분명한 대사라는 뜻이다. 무교인 내가 자꾸만 주님을 부르짖으며 불꽃 튀는 매직아이 타임이 이어졌다. 번역을 하는 것인지 해독을 하는 것인지 모를 수 분이 지난 뒤, 얼추 옮겨낸 곳도 있었지만 더 노려보다가는 정말로 내 눈이 빠질 것 같았다.

이럴 땐 어쩔 수 없다. 편집자님께 글씨를 알아볼 수가 없다고 솔직하게 말씀드리는 수밖에…. 이렇게 매직아이 대결에서 또다시 1패가 추가되었다.

라이트노벨, 결코 가볍지 않은

라이트노벨, 가벼운 소설이다. 하지만 누가 지었는지 모를 이 직관적인 이름이 적어도 번역가인 내게는 공감되지 않는다. 라이트노벨이라는 장르는 연애, 판타지, 공포, 미스터리 등 다양한 내용을 다룬다. 실제로 일본에서는 라이트노벨 작품이 문학상을 받기도 하니 더 이상 젊은 층이 즐겨보는 가벼운 소설로만 치부할 수는 없겠다.

내가 번역한 작품도 부담 없이 즐길 수 있는 작품부터 묵직한 울림을 주는 작품까지 그 내용이 참으로 무궁무진하다. 내용에 따라 문체를 달리해가며 최대한 작품의 분위기에 맞추고 원문의 느낌을 잘 살릴 수 있게 번역하려고 노력한다. 캐릭터에 어울리는 말투를 쓰고 단어를 선택하는 데도 주의를 기울인다. 일단 한번 선택한 말투는 시리즈를 이어가는 내내 고정되어야 하므로 1권의 번역이 가장 신경 쓰인다.

라이트노벨은 단편인 작품도 있지만 대체로 시리즈가 많다. 내가 맡았던 작품 중에는 10권 안팎으로 이루어진 작품도 적지 않다. 한 시리즈를 완결까지 연달아서 계속 작업한다면 조금 수월할 테지만 그렇지 못한 경우가 흔하다. A 책을 2권까지 번역하고, B 책 1권을 번역하고, C 책 1권을 번역하고, 다시 A 책 3권을 번역하는 식이다. 다음 권을 번역하기까지의 공백이 길어지면 길어질수록 작업하기가 힘들어진다. 그 이유는 다음과 같다.

첫째, 책의 내용이 잘 생각나지 않는다. 1권의 내용을 파악하고 있어야 2권을 번역하기 수월하고, 2권의 내용을 파악하고 있어야 3권을 번역하기 수월한데 1권을 번역하고 한참 만에 2권을 번역할라치면 여간 힘든 게 아니다. 지난 권에서 어떤 일이 벌어졌는지 전혀 기억나지 않는데 느닷없이 주인공이 "그때 네가 그랬잖아?"라고 하면 도대체 무슨 일이 벌어졌었는지 주섬주섬 지난 권을 찾아봐야 한다.

둘째, 문체와 등장인물의 말투 문제다. 문체와 등장인물의 말투는 시리즈 내내 이어가야 한다. 그러지 않으면 전체적인 느낌이 크게 달라져 독자들께 혼란을 드릴 수 있다. 이 인물이 저 인물에게 존댓말을 썼더라, 반말을 썼더라? 또 다른 인물에게는? 따지다 보면 한도 끝도 없다.

이러한 경험을 하게 된 뒤로는 엑셀 파일에 인물의 말투를 따로 정리해두고 있지만 번거로운 일이기는 하다. 내가 작업했던 책 중에 다음 권까지의 공백이 가장 길었던 기간은 무려 3년 반이다. 3권까지 비교적 빨리 작업을 했는데 4권 번역을 3년 반이 지난 뒤에야 하게 되었다. 정말로 책 내용이 전혀 생각나지 않아서 크게 애를 먹었던 기억이 난다. 덕분에 번역하기만도 빠듯한 와중에 1~3권을 정독할 시간도 가져야 했다. 결코 가볍지 않은 라이트노벨. 이름에 속지 말지어다.

다만 말장난에서 구원하소서

라이트노벨의 단골손님 중 하나는 다자레(だじゃれ)라 부르는 말장난이다. 주로 동음이의어를 많이 이용하며 비단 일본어에만 국한되지 않는다. 무슨 말인고 하니, 데스(です)가 death로 짜잔 변신 한다. 다자레의 세계는 언어마저 초월한다. 일본인이나 일본어를 아는 독자님이야 기발한 그 말장난에 무릎을 '탁' 치시겠지만, 내 눈에는 보인다. 고뇌하는 번역가의 모습이….

특히 코믹한 내용의 라이트노벨이라면 거의 빠지지 않고 다자레가 등장한다. 때로는 작가님의 센스에 탄복하고 때로는 배를 잡고 웃게 되는 다자레지만, 그것은 독자 입장일 때의 이야기다. 이것을 현지화해야 한다고 생각하면 골치가 지끈지끈 아프다. 노력으로 해결할 수 없는 타고난 센스가 아쉬워지는 순간이 적잖이 찾아온다. 소설 속에 다자레를 즐기는 캐릭터라도 등장하는 날에는 긴장을 늦출 수 없다. 내가 가진 온갖 센스를 끌어모아야 하기 때문이다.

성적인 단어가 들어가거나 성적인 뉘앙스를 풍기는 다자레가 등장하면 문제는 더욱 복잡해진다. 본능이 이끄는 대로 시원하게 내지르고 싶은 마음이야 굴뚝 같지만 느낌은 살리되 적정선을 찾아 타협해야 한다. 아버지를 아버지라 부를 수 없는 홍길동의 심정으로 대체어를 찾아내는 험난한 여정이 시작된다.

완벽한 현지화는 참으로 멀고도 험한 길이다. 소위 말하는 초월 번역(원문의 느낌과 어감을 원문의 직역보다 더 효과적으로 표현했다고 평가받는 번역)을 누군들 하고 싶지 않으랴. 하지만 아무리 머리를 쥐어짜 내도 도저히 역부족일 때는 최후의 수단으로 원문대로 번역한 뒤 역주를 달 수밖에 없다. 하지만 이 경우에는 가독성도 재미도 모두 떨어지기 때문에 되도록 현지화를 하고자 노력한다. 원문 못지않은 재미를 독자님에게 드릴 수 있도록 오늘도 번역가는 치열하게 노력 중이다.

어떻게 후기까지 사랑하겠어

처음에는 이걸 언제 다 끝내나 싶은 책이지만 어느새 끝이 보이는 순간이 찾아온다. 책 한 권의 번역이 막바지에 접어들면 서서히 심장이 나대기 시작한다. 마침내 페이지가 얼마 남지 않게 되면 마음이 가벼워지며 입가에 미소가 절로 번진다. 이번에도 무사히 마감일에 맞출 수 있겠다는 안도감과 한 권을 끝냈다는 후련함에 자꾸만 웃음이 새어 나온다. 행복은 가까이에 있다는 말을 실감하는 순간이다. 하지만 쉽게 긴장의 끈을 놓을 수는 없다. 작가 후기라는 복병이 기다리고 있기 때문이다.

만화와 라이트노벨 모두 책의 맨 뒷부분에는 으레 작가 후기가 실리기 마련이다. 고지가 눈앞이라 얼른 마무리 짓고 만세삼창을 외치려는 마음은 이미 드릉드릉 시동을 걸지만, 세상사 뭐 하나 호락호락한 게 없다. 작가 후기라는 복병이 떡 버티고 앉아 나대는 심장에 제동을 건다. 마치 끝날 때까지 끝난 게 아니라는 듯….

후기도 작가님마다 그 스타일이 천차만별인데, 후기를 아예 생략하는 작가님부터 간결하게 한 페이지 정도만 쓰시는 작가님이 계신가 하면 두세 장씩 장황한 후기를 쓰는 작가님도 계신다.

후기가 길어지면 길어질수록 나도 사람인지라 한껏 올라갔던 입꼬리가 점차 내려오며 표정이 굳는다. 퇴근 시간 5분 전에 상사가 일거리를 잔뜩 던져준 것 같은 기분이

원문 못지않은 재미를 독자님에게 드릴 수 있도록

오늘도 번역가는 치열하게 노력 중이다.

다. 간혹 역자 후기를 써야 할 때는 부담이 배가 된다. 작가 후기는 작가님께서 쓰신 후기를 오롯이 옮기기만 하면 되지만 역자 후기는 차원이 다르다. 무에서 유를 창조해내는 작업이다. 번역 작업으로 하얗게 불태웠는데 꺼져가는 불씨를 되살려 다시 한번 화르르 타올라야 한다.

얄궂게도 독자의 입장일 때는 작가 후기와 역자 후기가 그렇게 재미있었더랬다. 새로운 이야기가 탄생하고 한 권의 책이 완성되는 뒷이야기를 듣는 것 같아서 본문과는 또 다른 재미를 느낄 수 있었다. 하지만 인간이란 참으로 간사한 존재다. 이제는 내 일을 늘리는 훼방꾼처럼 느껴지니 말이다. 하지만 독자님들은 내가 독자일 때 그러했듯 후기까지 재미있게 즐기실 것이다. 그런 독자님들을 생각하며 작가 후기를 최대한 생생하게 전달하고, 때로는 고심을 거듭해가며 최선을 다해 역자 후기를 작성한다.

하지만 달갑지 않은 그 마음까지야 어쩌랴. 한시라도 빨리 작업을 마치고 홀가분한 마음으로 닭 다리라도 뜯고 싶은걸. 어떻게 후기까지 사랑하겠어.

그들이 몰려온다

모든 일에는 장단점이 있게 마련이다. 번역 일 또한 예외는 아니다. 이 일을 하면서 생긴 징크스 비스름한 게 있다. 참 희한하게도 일이 몰릴 때 한꺼번에 몰리는 것이다. 달리 말하면 바쁠 때는 눈코 뜰 새 없이 바쁘고 한가할 때는 파리를 날린다는 뜻이다. 의뢰가 좀 고르게 들어오면 하루하루를 알차게 써가며 기복 없이 안락한 환경에서 일할 수 있을 텐데 정말 이상하게도, 마치 편집자님들끼리 짜기라도 한 것처럼 같은 날 한꺼번에 의뢰가 들어오는 경우가 심심치 않게 있다. 그리고 나는 이것을 일 폭탄 징크스라고 부른다.

일 폭탄 징크스는 예고 없이 찾아온다. 어느 날 갑자기 깜빡이도 켜지 않고 훅 들어와 일거리를 툭 던져준다. 마음의 준비는 사치다. 여느 때처럼 마감 전쟁이 다시 시작될 뿐이다. 많을 때는 동시에 7권의 책을 번역하기도 했다.

그때는 아침 일찍 일어나자마자 눈곱만 떼고 책상 앞에 앉아 일을 시작했고, 배가 꼬르륵꼬르륵 요동치면 그제야 서둘러 밥을 먹었다. 밥 먹는 시간과 강아지 산책 시간을 제외하고는 새벽까지 일에 매진했다.

일이 빨리 끝나면 새벽 1시, 늦게 끝나면 새벽 3~4시까지 꼼짝없이 자판을 두드려야 했다. 쉬는 날도 없이 매일 그런 생활을 반복하려니 곡소리가 절로 나왔다. 어느 순간부터는 허리가 너무 아파서 의자에 앉는 것 자체가 고통이었다. 당연히 집중력도 떨어지고 일하는 시간은 길어졌다.

그러다 보니 내가 무슨 부귀영화를 누리자고 몸을 갈아 이러고 있나 싶은 생각도 들었다. 일은 해야 하는데 몸은 힘들고, 그렇다고 징징거려 봤자 마감은 나를 기다려주지 않는다. 어차피 해야 할 일이니 부지런히 하는 수밖에 없다.

7권의 번역을 시작하고 처음에는 하루에 순수하게 일하는 시간만 13~14시간이 넘어갔지만, 한 권, 두 권씩 번역을 마치며 일하는 시간이 10시간 정도로 줄어들었다. 10시간도 충분히 긴 시간이지만 3~4시간이 단축되자 이 정도만 일해도 살 것 같다는 생각이 들었다. 그렇게 점차 번역을 마친 책이 늘어가며 나의 업무 시간도 조금씩 줄어들었다.

처음에는 힘들어서 죽을 것 같더니 이제는 해냈다는 뿌

듯함이 밀려들었다. 그리고 결국 7권 모두 무사히 마감일을 지켜냈다. 그때 느낀 희열은 참으로 짜릿했다.

그게 벌써 몇 년 전 일이다. 인간은 망각의 동물이라지? 혹시 그때처럼 또 7권을 동시에 번역하라고 하면 할 수 있을까? 답은 명확하다. 아니요, 못 합니다!

명필은 못 돼

번역 일을 막 시작했을 때는 딱히 이렇다 할 장비가 없었다. 노트북 한 대에 독서대 하나, 심지어 변변한 책상과 의자도 없이 기다란 상을 펴놓고 바닥에 앉아 일을 했었다.

그때는 일하는 시간이 그리 길지 않았기에 크게 불편한 줄 몰랐다. 그러다 일이 조금씩 늘어나며 바닥에 앉아 있는 시간이 길어지자 몸이 고통을 호소하기 시작했다. 허리와 어깨가 차라리 죽여달라는 듯 아우성쳤다. 이러다 버는 족족 병원비와 약값에 쏟아붓게 될지도 모른다는 불안감이 밀려왔다.

문제는 또 있었다. 원서로 작업을 하는 경우에야 별 상관이 없지만, 원서가 아닌 PDF 파일로 작업물을 받는 경우가 적지 않다. 그럴 때는 한 화면에 PDF 파일과 아래아한글을 같이 띄워놓고 작업해야 하는데 나의 13인치 노트북 화면으로는 도무지 감당이 되질 않았다. 답답해서 속이 터지든 짜증 나서 분통이 터지든 둘 중 하나는 언제든 터질 일촉즉발의 나날이었다.

결국 변변한 장비를 마련하는 것이 나의 몸 건강과 정신 건강을 지키는 일이라는 결론에 도달했다. 물론 최고급 장비로 풀 세팅할 수 있다면야 더할 나위 없이 좋겠지만, 저마다 가능한 예산 범위 내에서 이것만은 포기할 수 없는 항목이 있다면 조금 더 투자하는 방식을 취하면 좋겠다.

나의 경우에는 그 시절의 트라우마로 모니터에 집착했다. 지금은 32인치 모니터를 사용하고 있고, 작은 보조 모니터도 한 대 있다. 이제는 PDF 파일을 받아도 울화통이 터질 일은 없다. 그것은 곧 작업 효율의 상승으로 이어졌고, 작업 효율의 상승은 작업 시간의 단축으로 이어졌으며, 작업 시간이 단축되었다는 말인즉 시간 대비 수입이 높아졌다는 뜻이다.

명필은 붓을 가리지 않는다지만 나는 붓도 가리고 벼루도 가리고 먹도 가리련다. 몸이 편해야 일도 더 잘되니까.

아는 만큼 보인다

마냥 열심히 일만 하던 초보 번역가 시절. 그때는 원고를 넘기면 반드시 한두 달 안에 책이 뚝딱 나오는 줄로만 알았다. 그리고 공교롭게도 당시에 내가 작업한 몇 안 되는 책들이 그런 식으로 출판되었다. 그때는 내가 번역한 책이 세상에 나오는 것이 마냥 신기해서 원고를 넘기고 나면 도대체 언제 나오는지 목이 빠져라 기다리곤 했다.

그러던 어느 날, 장르 소설 한 권의 번역을 맡게 되었다. 1권은 다른 번역가님께서 작업하셨고 2권 번역 의뢰가 내게 들어왔다. 1권을 꼼꼼히 읽고 열심히 2권을 번역했다. 명확한 비교 대상이 있기에 더욱 신경을 쓸 수밖에 없었다. 그렇게 완성된 원고를 출판사에 넘겼고 늘 그렇듯 카운트다운이 시작되었다.

한 달, 두 달… 석 달이 넘어가면서부터는 조금씩 초조해지기 시작했다. 번역에 무슨 문제가 있나? 1권 번역보다 질이 많이 떨어지나? 치명적인 오역이라도 있었나? 별의별 생각들이 꼬리에 꼬리를 물고 이어졌다. 걱정은 걱정을 낳았고, 불안은 더 큰 불안으로 이어졌다. 쌓여가는 걱정에 피가 마르는 하루하루였지만 차마 편집자님께 "왜 책이 나오지 않나요?"라고 물어볼 용기는 없었다. 본능적으로 이것은 편집자님을 귀찮게 하는 짓이라고 느꼈던 것 같다.

결국 그 책은 원고를 넘긴 지 7개월 만에 무사히 출간되었다. 그런 경험을 해본 적이 없었기에 안 해도 될 걱정을 한 것이다. 그 경험 이후로는 원고를 넘기고 언제 책이 나오나 손꼽아 기다리는 짓은 더 하지 않게 되었다. 다 때가 되면 나오더라. 실제로 그 이후로 원고를 넘기고 1년도 더 지나 출간된 책도 있지만 예전처럼 불안에 떨지는 않았다. 앞선 경험을 하지 않았다면 1년이 넘도록 쓸데없는 걱정을 하며 뜬눈으로 밤을 지새웠을지도 모를 일이다.

마감을 사수하라

번역은 시간과의 싸움이기도 하다. 정해진 시간 안에 한 권의 책을 끝까지 번역해내야 한다. 내 책상 한편의 탁상 달력에는 늘 마감일이 적혀 있다. 혹시라도 날짜를 착각할까 봐 거듭 확인하여 일정을 적어두고, 적어둔 것만으로는 안심할 수 없어서 형광펜으로 칠해두며, 원고를 넘긴 일정에는 빨간색 펜으로 체크 표시를 해둔다.

마감일은 그야말로 목숨과도 같다. 반드시 지켜야 한다. 편집자님과 한 약속이며, 출판사와 한 약속이고, 기다리시는 독자님과 한 약속이기도 하다. 어렵게 쌓은 신뢰를 잃는 것은 한순간이기에 늘 내가 할 수 있는 최대한의 노력을 기울인다. 그리고 그 방법의 하나가 마감일 지키기다.

상황에 따라 다소 차이가 있겠지만, 내가 경험한 바로는 산업번역보다 출판번역은 그나마 마감일의 압박이 좀 덜한 편이다. 여유롭기까지는 않더라도 최소한 촉박하지는 않다. 그리고 조정이 비교적 유연한 편이다. 아무리 촉박하지 않다고 해도 사람 일은 아무도 모르는 것이기에 마감일을 지키지 못할 위기에 놓일 수도 있다.

갑자기 집에 무슨 일이 생긴다거나, 교통사고라도 당해 입원을 한다거나, 갑자기 몸이 아파서 몇 날 며칠을 끙끙 앓는 상황이 벌어진다면 꼼짝없이 며칠 동안은 일을 할 수 없게 된다. 그래서 나는 되도록 마감일보다 하루나 이틀 정도 앞당겨 일을 끝낼 수 있도록 일정을 짜는 편이다. 그렇게 하면 혹시 몸이 좀 좋지 않은 날이 있더라도 하루 정도는 푹 쉴 수 있다는 마음의 안정감이 생긴다. 연차도 휴가도 없는 프리랜서 번역가의 일종의 보험 같은 행위다.

어떤 불상사가 생기지 않으면 제일 좋겠지만 앞날을 미리 대비해두어 나쁠 것은 없다. 이게 다 마감을 사수하려는 필사적인 몸부림이기도 하다.

한 해의 끝자락에 알록달록하게 물든 달력을 쭉 살펴보면 1년 동안 열심히 산 나 자신이 장하다는 생각이 든다. 그리고 내년에도 열심히 노력하자고 다짐하게 된다. 마감에 시달리는 생활이 때로는 피곤하기도 하지만, 그게 다 내 삶의 귀한 흔적들이다. 그리고 오늘도 나는 마감을 사수하기 위해 몸부림치고 있다.

다양한 직업병의 세계

어렸을 때부터 책을 좋아했다. 내가 어렸을 때만 해도 지금처럼 인터넷이 발달한 것도 아니고 여가를 즐길 만한 창구가 다양하지 않았기에 독서는 참 좋은 즐길 거리였다.

그때는 틈만 나면 책을 읽었고, 재미있는 책은 친구끼리 돌려보기도 했으며, 주위 친구들과 경쟁하듯 책을 읽기도 했다. 학창 시절 내내 나의 특별활동부는 독서부였다. 여럿이 앉아서 조용히 책을 읽는 그 시간이 참 좋았다. 다독가까지는 아니었어도 짬짬이 책을 읽는 것이 큰 즐거움이었다. 그러던 내가 책과 함께 하는 일을 하게 된 것은 축복이 아닐 수 없었다. 비록 완전한 형태의 독서는 아니지만 어쨌든 수많은 책을 읽으며 일을 할 수 있다는 점은 아주 매력적이었다.

하지만 누군가는 말했다. 취미가 일이 되면 싫어진다고. 예전에는 이 말이 썩 와닿지 않았다. 일은 일대로 하고 한가한 시간에는 읽고 싶은 책을 읽으며 보내는 내 모습을 상상했다. 하지만 누군가의 그 말은 현실이 되었다.

아침에 눈을 뜨면 책상 앞에 앉아 컴퓨터를 켜고 독서대

위에 원서를 펼친다. 눈으로 원서를 읽으며 머리로 적절한 단어를 떠올리고 배열한다. 동시에 손으로는 재빨리 타자를 친다. 하루에 적게는 몇천 자에서 많게는 몇만 자의 글자를 읽고 타이핑한다. 간혹 자간이 빽빽한 원서라도 만나면 그 글자에 압도되어 숨이 턱 막힌다.

그렇게 날마다 글자와 전쟁을 치르다 보니 마치 트라우마처럼 글자 그 자체에 피로를 느끼게 되었다. 일과 관계없는 글자를 봐도 울렁거리는 지경에 이른 것이다. 그럴진대 한가한 시간에 또 책을 읽는다? 취미로 독서를 즐긴다? 내게는 도저히 불가능한 일이다. 책을 펼치면 업무의 연장 같아서 피로가 몰려든다. 다크서클이 턱까지 내려오는 기분이다. 나 참. 글자가 피로감으로 다가오는 날이 올 줄이야!

그래도 꾸역꾸역 몇 글자라도 읽을라치면 자꾸만 분석을 해댄다. “아, 이런 표현 좋네.”, “이런 단어도 있구나. 무슨 뜻이지?”, “이 표현은 나중에 써먹어야겠다.” 등등 머릿속이 시끄럽기가 이루 말할 수 없다.

상황이 이렇다 보니 점점 독서와는 소원해졌다. 그래도

책을 사랑하는 그 마음만은 여전히 남아 있는지 지금은 책을 열심히 사서 쌓아놓는 적독가(積讀家)가 되었다. 아직 읽지 못한 책이 한가득한데 사고 싶은 책은 또 얼마나 많은지…. 아직 열어보지 못한 책들이 책장 가득 꽂혀 있다. 언젠가 이 직업병을 반드시 극복하고 적독가에서 다독가로 거듭나겠다.

그저 빛, 인터넷

정보의 바다 인터넷에는 없는 것이 없다. 만물상도 이런 만물상이 없다. 분야를 막론하고 궁금증이 생기면 인터넷의 바닷속으로 들어간다. 그곳에는 나와 똑같은 의문을 가진 사람들도 있고, 궁금증을 시원하게 풀어주는 해결사도 있다. 무슨 질문을 던져도 답을 아는 사람이 툭 튀어나온다. 마술 상자 같은 공간이다.

처음으로 인터넷을 접했던 때를 기억한다. 중학생 때였고 PC 통신 시절이다. 천리안, 하이텔, 나우누리. 요즘 친구들에게는 생소한 이름일 테지만 누군가에게는 아련한 추억일 것이다. 인터넷을 연결하면 집 전화를 쓸 수 없던 시절이 있었다니 요즘 친구들이 상상이나 할 수 있을까?

그런 인터넷을 이제는 걸어 다니며 스마트폰으로도 접할 수 있으니 세상 참 좋아졌다. 그리고 지금, 이 인터넷은 나의 번역 작업에서 떼려야 뗄 수 없는 고마운 존재가 되었다.

인터넷이 없던 시절에는 어떻게 번역을 했을까? 인터넷이 없었다면 내가 지금처럼 이 일을 해낼 수 있었을까? 일하면서 인터넷에 몇 번이나 들락거릴까? 모르긴 몰라도 빈번하게 드나든다는 사실만은 확실하다. 검색하는 분야는 정말로 다양하다. 단어의 뜻부터 시작해서 음식, 문화, 복식, 무기, 인명, 지명, 기타 등등, 인터넷이 없다고 생각하면 눈앞이 캄캄해질 따름이다.

인터넷에서 특히 자주 확인하는 것은 사전이다. 혹자는 원서의 모르는 단어를 검색하기 위해 외국어 사전(나의 경우는 일본어 사전)을 자주 찾아보리라 생각할지 모르겠다. 물론 그것도 맞는 말이다. 실제로 하루에도 수십 번씩 일본어 사전에서 단어를 검색해본다. 하지만 그보다 더 자주 찾아

보는 사전은 국어사전이다.

일하기 위해 컴퓨터를 켜고 가장 먼저 하는 일은 국어사전과 국립국어원 홈페이지 열어두기다. 번역을 하려면 외국어 실력도 중요하지만 국어 실력이 더 중요하다는 말에 크게 공감한다. 개떡 같은 원문을 찰떡같이 번역하려면, '어의' 없는 일이나 감기가 '낳는' 일이 없으려면, 탄탄한 국어 실력이 뒷받침되어야 한다.

하지만 한국어 녀석, 이게 참 만만치가 않다. '로서'와 '로써'는 왜 그렇게 만날 헷갈리고, '-만하다'와 '-만 하다'도 쓸 때마다 헷갈리며, 띄어쓰기는 왜 그렇게 어려운지 눈물이 앞을 가린다. 그나마 고마운 친구 인터넷 덕분에 뚝딱 검색하면 그만이지만, 만약 인터넷이 없어서 일일이 종이 사전으로 찾아봐야 한다면? 생각만 해도 끔찍하다. 눈부신 기술의 발전에 감사할 따름이다. 앞으로도 잘 부탁해, 친구야!

너는 내 운명

마냥 재미있게만 보이는 만화와 라이트노벨 번역 작업에도 이렇듯 애로사항이 있다. 나 역시 미처 생각지 못했던 난관에 당황도 많이 했다. 하지만 매사에 금방 질리는 성격인 내가 무려 8년이라는 시간 동안 이 일을 계속할 수 있었던 것은 이러한 애로사항을 뛰어넘는 매력이 있기 때문이다.

이미 잘 알려진 대로 번역은 시간과 장소의 제약을 받지 않는다. 원서와 노트북만 있으면 어디든 갈 수 있다. 하지만 자타공인 집순이인 내게 어디서나 일을 할 수 있다는 점은 장점으로 꼽기 애매하다. 오히려 집 밖으로 한 발자국도 나가지 않아도 일을 할 수 있다는 점이 훨씬 매력적이다.

내가 일어나는 시간이 곧 출근 시간이며 침대에서 일터까지 도보 약 5초. 만원 버스와 만원 지하철에서 사람들과 부대끼며 아침부터 영혼이 탈탈 털리지 않아도 된다. 푹푹 찌는 날, 동장군이 기승을 부리는 날, 폭우와 폭설이 쏟아지는 날, 모두 나와는 무관하다.

창문 너머로 내리쬐는 햇살을 바라보며, 시리도록 차가운 겨울을 눈으로만 느끼며, 내리는 빗소리를 BGM 삼아, 눈 내리는 풍경을 감상하며 집 안에 콕 박혀 일할 수 있는 것이다. 사람 스트레스도 없고 회식 스트레스도 없다. 상사의 썩은 개그에 억지로 배꼽 잡으며 웃지 않아도 된다. 그저 내 일만 열심히 하면 된다.

또한, 책 한 권을 번역했을 때의 그 뿌듯한 느낌과 완성된 책을 본 순간의 희열은 말로 표현하기 어려울 정도다. 처음 내 이름이 박힌 역서를 봤을 때의 그 느낌을 아직도 생생히 기억한다. 내가 책을 번역하다니! 내 인생에 이런 일이 생기다니! 기쁜 마음에 동네방네 자랑하고 싶었다.

외국어로 작성된 누군가의 글을 왜곡하지 않고 최대한 자연스럽게 풀어가는 작업은 분명 어려운 일이다. 그 과정에서 정신적인 소모도 크고 쉴새 없이 자판을 쳐대느라 손목이 상하기도 한다. 목과 허리의 통증은 예삿일이다. 하지만 결과의 희열은 과정의 고통을 상쇄하고도 남는다. 그렇기에 이 길을 계속 걸어올 수 있었다. 아마 나는 내년에도 후년에도 이 자리에서 계속 이 일을 하고 있을 것이다.

인생의 회전목마가 내려준 이 길에 서서 저 멀리 돌아가는 회전목마를 바라본다. 인생은 한 치 앞도 알 수 없고 그렇기에 짜릿하다. 때로는 매운맛을 보여주기도 하지만 그 또한 지나가리라. 책과 함께할 수 있는 이 생활이 더할 나위 없이 행복하다.

결과의 희열은

과정의 고통을 상쇄하고도 남는다.

아마 나는 내년에도 후년에도 이 자리에서

계속 이 일을 하고 있을 것이다.

좋아하는 일을 직업으로 가짐으로써
누릴 수 있는 호사

일본어 번역가 박소현

어느 날 문득 일본어 공부를 다시 시작, 취미를 직업으로 삼게 된 11년 차 일본 만화 번역가. 1,300권이 넘는 만화와 약간의 로맨스 소설을 번역했다.
만화, 애니, 음식, 커피, 홍차, 와인, 여행, 스포츠, 고양이…. 관심의 폭은 넓어도 깊이가 없어 전문가는 못 되지만, 각종 장르의 만화 번역에는 최적화되어 있다고 자부하는 준 오타쿠.
만화 같은 계기로 운명처럼 만화 번역의 길에 들어서서 만화와 함께 살아가고 있으며, 앞으로도 오래오래 만화와 함께하는 삶을 이어가 만화 업계 최고령 번역가의 기록을 세우고 싶은 꿈을 간직하고 있다.

이메일 sopekoe@naver.com
블로그 http://blog.naver.com/sopekoe

운명적 만화 번역

박소현

번역? 번역!

뜬금없이 일본어, 뜬금없이 만화 번역

살면서 가끔 그런 일이 있다.

정말 뜬금없이, 아무런 앞뒤 맥락 없이, 불현듯 하늘에서 생각이라는 것이 뚝 떨어진 것처럼 내 머리를 때릴 때가.

'일본어나 다시 공부해 볼까?'

둘째 아이가 유치원을 들어가자마자 한 생각이었다.

둘째를 낳기 전까지 고등학교에서 지리 과목 강사로 일했다. 둘째 임신을 계기로 퇴직, 그 후 선배 언니가 하는 음반 회사에서 간간이 아르바이트를 하며 육아에 전념하던 나는, 둘째가 유치원에 들어가 다시 '내 시간'이라는 게 생기자 웅크리고 있던 몸을 펴며 용트림을 시도했다.

일본어 공부를 처음 시작한 건 대학교 때였고 그 후 간헐적으로 기회가 있을 때마다 조금씩 조금씩 배움을 지속했다. 방학 때마다, 첫째를 가지고 잠시 일을 쉬고 있을 때도, 뭔가 하던 일에 공백이 생길 때면 항상 일본어를 찾곤 했다. 몇 년이 흘러 또다시 내 일(육아)에 공백이 생겼고, 역시나 제일 먼저 떠오른 건 일본어였다. 그리고 몇 년 동안 참 열심히도 학원에 다녔다.

내가 다녔던 학원은 학생이 한 명이라도 있으면 폐강을 시키지 않는 훌륭한 시스템을 갖고 있었다. (학원으로선 손해였겠지만) 비교적 한가한 오전 시간에 고급반을 찾는 수강생은 별로 많지 않았기에 선생님과 1대1로 수업을 진행할 때도 제법 많았다. 정원이 10명인 회화반에 등록해 1대1, 아주 많아봤자 4대1 수업을 받은 덕분에 원 없이 일본어로 수다(?)를 떠는 동안 일본어 실력은 쭉쭉 향상되었다.

그때 만났던 일본인 선생님 중 한 분과 특히 죽이 잘 맞았다. 수업 내용 외에도 시사, 연예계, 여행, 음식 등 수많은 주제로 정말 신나게 이야기를 나눴다. 그 선생님 덕분에 일본과 일본 사람들의 특성, 문화와 지역성을 알 수 있었고 자연스러운 일본어 발음, 실생활에서 많이 사용하는 구어체 표현 등을 두루 익힐 수 있었다.

여담이지만, 홋카이도 오타루 출신인 선생님께서 우리 가족이 홋카이도 여행을 갔을 때 오타루의 맛있는 초밥집을 소개해주신 적이 있다. 함박눈이 내리는 오타루에서 동네 사람만 찾아온다는 한적한 초밥집을 낑낑 찾아갔는데, 무뚝뚝하지만 장인 정신이 느껴지는 사장님께서 정성껏 만들어 주신 소박한 초밥은 일본 어느 곳에서 먹었던 초밥보다 훨씬 더 맛있었다.

그러다가 어느 날 또 문득, 어떤 생각이 뇌에 와서 박혔다. '더 나이 들기 전에 일본어 배운 걸 활용해서 뭐라도 좀 해볼까?'

그때 당시 내 나이가 30대 후반. 새로운 일을 시작하려면 지금이 마지막 기회일지 모른다는 초조함에 시달리던 전업주부는 그렇게 일본어를 통해 무모한 도전을 감행했다.

회화만으로는 배운 걸 써먹기가 어려웠다. 뭘 하더라도 나의 실력을 증명할 수 있는 '성적표' 혹은 '자격증'이 있어야 했고, 그래서 JLPT 1급 시험공부를 시작했다.

학원에선 6개월 후에 있는 시험에 바로 합격한다는 건 학원 건물에 플래카드를 걸어줄 만큼 대단한 일이라면서 1

년 후의 시험을 노리라고 했지만, 6개월 만에 합격했다.

(그러나 플래카드는 걸어주지 않았다. 왜죠?)

일본어에 어느 정도 자신감이 충만했을 때 구체적으로 일을 구하기 시작했고 아무 망설임 없이 만화 출판사에 이력서를 뿌렸다. 왜 만화 출판사였냐 하면 아주 단순히 내가 만화를 좋아하는 애독자이기 때문이다.

또한, 번역을 시작하려면 보통은 대학에서 해당 외국어를 전공했거나, 유학을 갔다 왔거나, 외국에서 오래 생활한 경험이 있거나, 이도 저도 아니라면 번역 전문 수업을 수강한 이력이라도 갖고 있어야 하겠지만, 만화 쪽은 그 문턱이 살짝 낮다는 것도 선택 이유 중 하나였다.

그저 좋아한다는 마음 하나로 번역 공부는 하나도 하지 않은 채 주제넘게 이력서부터 뿌려댔으니, 내 이력서를 받은 출판사 담당자들이 얼마나 황당했을지 지금 생각하면 얼굴이 화끈거릴 만큼 부끄럽기 짝이 없다.

하지만 그 당시의 나는 실체 없는 자신감으로 가득 차 있었고 여러 군데서 연락이 오면 어디를 먼저 선택하나 하는 시건방진 고민까지 하고 있었다.

그도 그럴 것이, 40대가 다 되어서 굳어가는 머리로 아이 둘과 시부모님까지 계시는 여섯 식구 뒷바라지해가며 한 번 시도 만에 1급에 합격한 것이다. 일본에 여행 가면 여기 사는 사람이냐는 질문을 수도 없이 받았다. 고등학교 때 이후로 뭘 잘한다는 소리를 들어본 적이 없었기에 그랬던 건지, 나 자신이 너무 자랑스러워 주체할 수 없을 정도였다. 턱도 없는 일이라는 걸 깨닫기까지는 그다지 오랜 시간이 걸리지 않았지만.

만화 번역가가 되는 일에 정해진 길은 없다. 요즘은 번역가를 구한다는 공식 공고를 내는 경우도 많아졌지만, 그때 당시만 해도 그런 공고가 올라오는 일은 거의 없었다. 알음알음으로 인맥을 통해 소개받거나 나처럼 무작정 이력서 돌리기를 반복하다가 운 좋게 연락 받는 경우가 대부분이었다. 인맥이라는 게 있을 리 없었던 나는 그저 이력서를 돌리고 마냥 기다리는 것 외엔 다른 방도가 없었다.

한참이 지나도록 연락은 오지 않았다. 초조함에 안달복달 소화도 잘 안 되고 잠도 잘 안 올 지경이었다. 기다리기

지칠 만큼 긴 시간이 흐른 뒤 나는 다시금 한바탕 이력서를 돌렸다.

처음에는 만화 출판 업계에서 제법 유명하고 인지도 높은 곳을 위주로 보낼 곳을 선택했지만, 그런 걸 따질 때가 아니라는 걸 어렴풋이 깨달았다. 작은 마이너 출판사, 일반 서적 출판사지만 가끔 만화를 내는 곳, 내가 정말 소화하기 힘든 장르를 주로 출판하는 곳도 가리지 않고 이력서를 보냈다. 일단 어떤 장르이든 일을 시작하는 게 중요했다. 경력이 있어야 더 큰 출판사도 노려볼 수 있다는 걸 알았다.

두 번째 이력서 배포(?)를 마친 후로도 꽤 오랜 시간이 지난 어느 날, 드디어 딱 한 곳에서 연락이 왔다. 운 좋게도 만화 업계에선 제법 규모가 큰 출판사였다. 아! 드디어 내 진가를 발휘할 기회가 찾아왔구나! 겁도 없이 쾌재를 불렀다.

연락하신 담당자분은 샘플 테스트로 만화책 한 권을 보내 주시며 약 30페이지 정도 번역해보라고 하셨다. 그쯤이야 누워서 떡 먹기지, 라며 여유만만 룰루랄라 작업을 시작했다. 그런데 그 30페이지를 이틀이나 끙끙대며 붙들고 있다가 간신히 테스트 원고를 보냈다.

충격이었다.

솔직히 워낙 만화를 많이 봐서 만화체와 구어체엔 익숙하다고 자부하고 있었는데, 보는 것과 번역하는 것이 이렇게까지 다른 결과를 낼 줄은 미처 생각하지 못했다.

원서 만화를 보며 번역 연습을 안 했던 건 아니었다. 그러나 이미 내용을 다 꿰뚫고 있는 만화를 다시 보면서 번역을 해보는 것과 처음 보는 만화를 번역하는 건 초심자인 내겐 하늘과 땅만큼 큰 차이가 있었다. 그다지 어려운 단어도 없는 순정만화였는데, 마치 처음 보는 전문 용어가 가득한 의학서적이라도 되는 것처럼 번역이 어려웠다. 뭔가 잘못됐다는 걸 그제야 깨달았다.

내가 보낸 테스트 원고에 담당자님은 멘탈이 아주 너덜너덜해질 만큼 신랄한 지적을 쏟아냈다. 실력이 부족해 보인다는 말을 서슴없이 날리셨다. 처음 이력서를 보낼 때 한껏 높아졌던 콧대는 형체도 없이 무너져 내렸고, 자신감과 자존감은 땅으로 곤두박질쳤다.

번역을 너무 만만하게 봤다가 큰코다친 꼴이었다. 고작 그 정도 공부했다고 자신만만했던 내가 부끄러웠다. 말 그대로 쥐구멍으로 들어가고 싶을 정도였다. 만화 번역은 내가 감당할 수 있는 수준의 일이 아니라는 생각마저 들었다.

그렇게 반쯤 포기하고 있을 때 구원의 빛이 다시금 내려왔다. 끝이 날 것 같지 않던 지적과 비판이 한바탕 지나간 후 의기소침해 있던 내게 담당자님은 그래도 만화에 대한 열정이 느껴진다며 일단 한번 해보자고 말씀해주셨다.

그것은 일생일대의 사건이었다. 정말 '열정'이라는 것이 나에게 일을 준 것이다. 이런 일이 현실에서도 일어나다니, 그야말로 만화 같은 일이지 않은가! '제가 도와드릴 테니 열심히 해보세요.'라는 담당자님의 말씀이 만화의 말풍선처럼 머릿속을 둥둥 떠다녔다. 열심히 해야죠. 하고말고요.

그 후 일주일 동안 그 한 권을 번역하느라 거의 날밤을 새우다시피 했다. 번역 일감이 아니라 번역 수업에서 받은 숙제 같은 느낌이었다. 한 단어 한 단어를 꼼꼼하게 살피고 앞뒤 문맥이 잘 맞는지를 확인하고 맞춤법이 틀린 곳은 없는지도 여러 번 체크했다. 200페이지 남짓했던 만화 한 권을 번역하는 게 아니라 2,000페이지쯤 되는 연재소설을 번역하는 기분이었다. 지금은 순정만화 같은 경우 대체로 하루면 작업이 끝난다. 그런데 그때는 1주일이라는 시간이 모자랄 지경이었다.

끝이 날 것 같지 않던 그 한 권의 번역을 마치고 무사히 원고를 넘긴 지 얼마 후 번역료도 들어왔다. 첫 번역료를 받았을 때의 그 성취감이란!! 정말 쥐꼬리만 한 금액이었지만 억대 연봉이라도 들어온 것처럼 기뻤다.

내 인생에서 새로운 장이 열리는 순간이었다.

그 한 작품을 넘긴 후 출판사에선 연락이 오지 않았다. 번역한 작품의 정식 출간은 자꾸 미뤄졌고, 나는 또 한 번 좌절했다.

그러나 그때 그 시간은 나에게 만화 번역을 진득하게 공

그것은 일생일대의 사건이었다.
정말 '열정'이라는 것이 나에게 일을 준 것이다.

이런 일이 현실에서도 일어나다니,
그야말로 만화 같은 일이지 않은가!

부할 시간을 주었다. 그 담당자님이 지적해주셨던 사항들은 정말 훌륭한 참고서였다. 각종 번역 카페나 블로그에 올라온 자료들을 열심히 모으고, 다양한 장르의 일본 만화들을 원서로 사들여 실제로 번역해보고, 한국어판과 내가 한 번역을 비교해 가며 만화 위주의 번역 공부에 매진했다.

시험공부를 할 때처럼 어려운 단어나 한자를 외우는 공부는 배제했다. 단어를 많이 알고 있으면 물론 더 좋은 번역을 하는 데 도움이 되기도 하고 작업 속도도 빨라지겠지만, 번역 공부를 해보니 일본어 단어 하나 외우는 것보다 더 중요한 것이 한국어 어휘였다.

일본어 단어는 사전이 있거나 인터넷만 있어도 뜻을 쉽게 찾아낼 수 있다. 단편적인 의미 파악보다는 그 단어를 상황에 맞게 우리말로 바꾸는 작업이 훨씬 더 어렵다. 모르는 단어가 나오면 단어 뜻을 외우는 데 많은 시간을 할애하지 않고 그 단어를 어떤 상황에서 어떻게 번역하면 더 좋을지를 중점적으로 공부했다.

여러 가지 참고할 만한 자료 중에 가장 훌륭한 선생님은 기존 번역가님들이 번역해 놓은 만화책들이었다.

물론 그중에는 공부 중인 내가 봐도 형편없는 번역도 있었다. 훌륭한 번역은 물론이고 형편없는 번역은 또 그 나름대로 좋은 참고가 되었다. 잘된 번역과 망한 번역의 차이가 명확히 눈에 보이기 시작했다. '이렇게 하면 된다'와 '이렇게 하면 안 된다'를 구분할 수 있게 되었다.

그렇게 또 몇 달이 흐르고, 드디어 출판사에서 내가 처음 번역했던 작품이 정식 출간되었다는 소식이 들려왔다. 그 작품은 그렇게 인기가 많거나 유명한 작품이 아니었기에 시간이 가면 갈수록 출간이 좌절될 수도 있겠다는 생각도 들었다. 나까지 좌절하기 일보 직전이었지만, 정말 다행히도 무사히 발매되어 안도의 한숨을 내쉴 수 있었다.

2권 번역 의뢰 소식도 함께 들어왔다. 처음 작업을 마친 지 거의 6개월이 지난 뒤였다. 소식을 기다리던 6개월 동안 매진한 번역 공부가 효과가 있었는지 그 뒤로는 계속해서 일감이 들어왔고, 그 출판사와는 그 이후로 지금까지 10년이 넘도록 계속 함께 작업하고 있다.

번역 속도가 살짝 빨라지기 시작했을 때 다시 한번 출판사들에 이력서를 돌렸고, 마침 번역가를 찾고 있던 곳에서 연락이 왔다. 그런 식으로 한 군데, 한 군데, 일감 받는 출판사가 늘어났고, 나의 만화 번역도 본궤도에 오르기 시작했다.

지금까지 일을 의뢰받았던 출판사는 모두 열네 곳이고 현재 일을 받는 곳은 여섯 군데 정도 된다. 처음엔 한 달에 한두 권 의뢰를 받다가 계약하는 출판사가 늘어나고 작업 속도가 빨라지면서 소화해내는 작업량은 점점 많아졌다.

일을 정말 많이 할 때는 한 달에 소설 한 권을 포함해 스무 권 넘게 작업할 때도 있었는데, 지금은 체력적으로 그 정도까지 소화해내진 못하고 있다.

누적 번역 권수는 1,300권 남짓. 중간중간 로맨스 소설을 번역하기도 했지만, 기본적으로 내 활동 영역은 만화가 대부분을 점유하고 있다.

BL 만화 전문 번역가? 19금 후방주의!

나는 다양한 만화를 즐기는 편이지만, 특히 BL 장르에 애정이 깊었다. 처음 일을 시작했을 당시만 해도 BL 만화를 내는 출판사가 별로 많지 않았는데, 그 중 BL만을 전문으로 내는 곳이 딱 한 군데 있었다. 당연히 그 출판사에도 이력서를 보냈고 세 번의 도전 끝에 테스트를 거쳐 번역가로 일감을 받게 되었다.

사실 BL은 마이너 중에서도 마이너 장르였고 번역료도 무척 짰다. 그러나 좋아하는 장르의 번역을 맡게 된다는 사실에 번역료 따윈 안중에도 없었다. 나중에 가서야 그런 태도가 프로로서 좋지 않다는 걸 깨닫게 됐지만, 일을 막 시작한 나로선 그런 걸 따질 때가 아니었다. 일단 일을 맡겨준다는 것만으로도 감지덕지였으니까.

일반 소년·소녀 만화를 내는 출판사들은 내는 만화가 워낙 많고 활동하는 번역가도 많기 때문에 (당시의) 나처럼 경력이 짧은 번역가에게 유명한 작가의 재미있는 작품을 의뢰하는 경우는 거의 없었다. 유명한 작가의 재미있는 만화를 계약하면서 곁다리로 따라온 별 볼 일 없는 작품이 내게 돌아오는 식이었고 당연히 의뢰도 드문드문 들어왔다.

하지만 BL 전문 출판사는 규모가 작은 만큼 번역가는 두 세 명밖에 안 되는데 일주일에 한 권씩 꼬박꼬박 작업해 나가야 하다 보니 다른 출판사보다 번역하는 작품 수도 훨씬 많았고 유명한 작가들의 작품들을 의뢰받는 일도 많았다.

좋아하는 작가의 작품을 내가 번역한다니, 영광스러운 일이 아닐 수 없었다. 번역할 책을 전달받았을 때 너무 좋아서 하마터면 꽥 소리를 지를 뻔한 적도 있었다. 몸이 덜덜 떨릴 만큼 신선한 충격이었다. 좋아하는 만화를 즐겁게 번역하는 재미에 흠뻑 빠져 그렇게 한동안 BL 작품 위주로 번역 활동이 이루어졌고, 번역한 작품 수에서 BL의 비중이 70% 정도로 올라갔다.

나로선 너무나 신나고 재미있는 일이었지만 두 가지 문제가 있었다.

하나는 후방 주의!!

BL은 19금 작품이 많은 장르라서 카페 같은 곳에서 작업하는 건 거의 불가능에 가까웠다. 아무도 가까이 오지 않는 가장 구석의 후미진 곳에 자리를 잡지 않는 한, 옆으로 누가 지나갈 때마다 흠칫거리느라 작업에 집중할 수가 없었다. 사람들이 흘깃흘깃 쳐다보는 것처럼 느껴져서 괜히 얼굴이 달아오르기도 했다.

집이라고 편한 건 아니었다. 내가 작업실로 이용하는 컴퓨터 방은 사실 거의 창고나 다름없는 쪽방에 컴퓨터 책상을 놔둔 곳이라 문을 닫으면 너무 답답해서 계속 앉아 있기가 힘들다. 그렇다고 문을 열어놓고 있자니 19금, 그것도 BL 19금 장면이 툭툭 튀어나오는 만화들을 펼쳐놓고 작업하기가 너무 어려웠다. 아직 어린 딸들의 눈은 물론이요, 시부모님의 눈도 신경 쓰지 않을 수가 없었다. 시부모님 방문이 열리는 소리가 나면 온몸의 털이 쭈뼛 설 만큼 놀라곤 했다. 누군가가 부엌으로 가는 발소리만 나도 일단 책부터 덮었다.

문을 닫으면 모든 게 해결되는 것도 아니었다. 엄마가 일하고 있으니 방해하지 말라고 아무리 말해도 어린 딸들은 자기들에게 볼일이 있으면 아랑곳없이 문을 벌컥벌컥 열어긋났다. 그때마다 심장이 쿵 내려앉으며 식은땀이 흘렀고 후다닥 책을 가리느라 허둥대기 일쑤였다. 왜 아이들은 꼭 그렇고 그런 장면을 번역하고 있을 때 불쑥불쑥 쳐들어오는 걸까? 평범하게 대화하는 장면의 비중이 훨씬 더 큰데, 왜 하필이면? 꼭 민망한 장면이 펼쳐져 있을 때만? 머피의 법칙이 이런 데서도 적용되나 싶었다.

안 그래도 부엉이 체질이라 아침보다는 밤에 주로 일했는데, 사정이 이렇다 보니 작업 시간이 점점 더 늦어져서 식구들이 모두 잠든 후에 본격적으로 일을 시작하게 되었다. 밤새 작업하고 아침에 식구들을 내보낸 다음에 잠을 자는 식이었다. 몸은 힘들었지만 그래야 마음 편히 집중해서 작업할 수 있었다.

지금은 아이들도 다 컸고 나도 조금 더 뻔뻔해져서 그때만큼 당황하진 않지만 그래도 후방주의!! 19금을 작업할 때는 늘 뒤통수의 레이더를 민감하게 작동시킨다. 가끔 작업에 너무 집중하다 보면 누가 다가오는 줄도 모를 때가 있다. 문득 강렬한 시선을 느끼고 휙 돌아봤더니 우리집 고양이가 빤히 쳐다보고 있었을 때, 헛웃음이 픽 나오면서도 가슴을 쓸어내렸던 기억이 있다.

두 번째 문제는 주위 사람들의 반응이었다.

BL 전문 출판사와 처음 계약을 할 때 그쪽에서 혹시 필명을 쓰겠냐고 물어본 적이 있었다. BL 장르에 애정을 품고 있던 나는 뭐가 부끄러워서 필명을 쓰겠어! 라는 짧은 생각만으로 그냥 본명을 쓰겠다고 했는데, 내가 만화 번역을 한다는 걸 아는 사람이 많아지면서 약간 신경이 쓰이기 시작한 것이다. 아이들 학교의 학부모들, 남편 회사의 동료들, 친척들, 친구들…. 어떤 만화를 번역했는지 알려달라고 하면 말을 할 수가 없었다. 내가 안 알려줘도 요즘 같은 인터넷 시대에 검색창에 내 이름만 검색하면 대충 견적이 나오니 피해 갈 수도 없는 노릇이었다.

오랜만에 만난 선배 언니가 대형 서점에 있는 도서 검색 단말기로 내 이름을 검색했다가 온통 빨간색 19금 딱지가 튀어나와서 식겁했다는 얘길 깔깔 웃으며 해줬는데, 이런 일이 과연 그 언니한테만 있었을까 생각하니 얼굴이 화끈거렸다.

동창회에 갔는데 한 남자 동창이 내가 만화 번역한다는 얘길 듣고 검색해봤다면서 히죽히죽 의미심장한 미소를 날릴 때는 흥이 팍 깨지며 집에 가고 싶어졌다.

잘못한 것도 없는데 부끄러워하는 상황이 싫었다. 얼마나 일감을 찾기가 힘들었으면 그런 장르까지 번역하느냐는 식의 말을 들을 때면 너무 화가 났다.

지금은 만화 시장에도 많은 변화가 생겨서 BL을 출판하는 회사도 꽤 늘었고 드라마나 영화에서 흥행을 노리고 일부러 브로맨스 요소를 넣는 등 사람들의 인식도 많이 달라져서 그나마 전보다는 상황이 조금 나아지긴 했다.

내가 19금 BL 만화를 많이 번역한 건 스스로 좋아서 선택한 일이기에 나 자신은 어떤 꺼림칙함이나 열등감도 느끼지 않는다. 오히려 자부심을 느끼면 느꼈지, 싫다거나 빨리 벗어나고 싶다고 생각한 적은 없다. 하지만 나이가 들어서인지 주위 사람들의 시선이나 반응이 조금 신경 쓰인다. 지금 생각하면 당시에 그냥 필명을 썼어야 했나 정도의 아쉬움이 남는다.

지금은 소년·소녀 만화 쪽의 비중이 더 높아졌지만, 그

동안 축적된 작업물의 총 권수를 세어보면 아직은 역시 BL이 더 많긴 하다. 앞으로 얼마나 더 이 일을 할지는 몰라도 BL 만화 번역 역시 지금도 계속하고 있으니 역전되긴 쉽지 않아 보인다.

일을 시작한 지 얼마 안 됐을 때는 좋아하는 장르의 일을 많이 맡아서 마냥 기뻤지만, 10년 넘게 일하다 보니 조금 더 다양한 장르를 고루 경험할 수 있는 지금이 더 좋다. 만화 속 다양한 세계를 간접적으로나마 체험할 수 있어서 즐겁다.

물론 내가 너무너무 싫어하는 종류의 작품을 번역할 때는 괴로움도 배가 될 수밖에 없다. 하지만 그 또한 인생 경험이려니 하고 즐기려 노력한다.

만화 번역의 세계

만화책이 나오기까지

만화책을 번역하는 과정은 다음과 같다.

우선 출판사에서 보내준 원서에 말풍선마다 번호를 매긴다. 감탄사나 의성어, 의태어 같은 효과음은 직접 뜻을 원서에 써넣기도 한다. 과거에는 반드시 빨간 펜을 사용해야 했다. 작업이 대부분 디지털로 전환된 지금은 꼭 빨간 펜을 사용하지 않아도 되지만, 아직도 버릇처럼 빨간 펜을 사용하고 있다.

유난히 빨간색 번호가 꽉꽉 들어차는 만화를 만나면 한숨이 폭 나온다. 붉게 물든 원서는 험난한 작업을 암시하는 예고장이다. 이 작업이 끝나면 본격적인 번역에 들어간다. 대사의 진행 순서에 따라 번호순으로 하나씩 하나씩 번역해 나가면 된다.

그냥 내용만 번역하는 게 아니라 캐릭터의 성격이나 독특한 말투 같은 것에도 유의하며 번역해야 한다. 한 번 고정된 말투는 그 작품이 끝날 때까지 일관되게 지속해야 하기에 처음에 방향을 잘 잡아야 한다.

또한 만화는 구어체를 사용하기 때문에 특수한 설정을 제외하고는 '습니다' 체를 남발하지 않도록 주의해야 한다. 딱딱한 성격을 나타내기 위해 일부러 '습니다' 체를 쓰는 경우도 있는데, 처음부터 끝까지 계속 그런 말투를 쓰면 역시 부자연스러워 보인다. 직장 상사와 부하 관계처럼 정중한 말투가 필요한 때에도 시종일관 '습니다' 체로 일관해선 안 된다. 우리가 실제로 대화하듯이 자연스러운 말투로 번역하는 게 중요하다.

자연스러운 번역을 하려면 내가 번역하는 언어를 쓰는 나라에 대해 어느 정도는 알고 있어야 한다고 생각한다. 문화, 역사, 지명, 관습 등을 많이 알고 있을수록 번역도 수월하고 정확한 번역도 가능해진다. 모르는 건 철저한 검색과 조사가 선행되어야 한다.

예를 들어, 어느 동네의 이름이 툭 튀어나왔을 때, 그 동네가 어떤 특성이 있는 곳인지 꼭 알아야만 내용을 이해할 수 있다. 일본 사람이야 지명만 들어도 바로 알겠지만 외국인인 우리는 일본에 대해 잘 아는 사람이 아니면 전혀 모를 수가 있다. 그런 경우엔 주석을 달거나, 그곳이 어떤 곳인지를 언급(부자 동네라든가, 환락가라든가 등의 동네 특성을 노출)해줘야만 한다. 이런 부분도 꼼꼼하게 신경 써야 매끄러운 번역이 될 수 있다.

예전에 어느 일본 소설 번역판에 도쿄의 지하철 노선 중 하나인 '야마노테' 선을 '야마테' 선이라고 해 놓은 걸 보고 깜짝 놀란 적이 있다. 야마노테 선은 한자로 山手線이라고 쓰는데, 이걸 그냥 읽으면 야마테 선이 되기도 하지만 관습적으로 도쿄 지하철 노선은 야마노테 선이라고 읽는다. 확실히 소설의 내용에서 이 노선의 이름이 무엇인지는 전혀 중요한 요소가 아니었지만, 그렇다고 가상의 공간이 아닌 실재하는 지역의 정보를 틀리게 전달하는 건 옳지 않은 일이라고 생각한다. 번역에는 그 나라만의 문화적, 사회적 특성이 반영되어야 하기 때문이다.

처음부터 끝까지 쭉 번역을 마치고 나면 반드시 검토 작업을 한다. 원본과 번역한 내용을 대조하며 제대로 번역이 되었는지, 오탈자는 없는지, 빼먹은 대사는 없는지 확인한다.

꼼꼼하게 확인 작업을 마치고 나면 처음에 받은 원서와 원고를 담당자에게 보낸다. 출판사에선 교정과 교열, 그림 수정(19금 수위 조절을 위한 그림 수정이나 손글씨로 된 효과음 부분 수정), 식자 작업(일본어 대사가 있던 자리에 우리말 대사를 얹는 작업)을 거친 뒤 책을 인쇄해낸다.

책이 나와 증정본을 받으면 내가 작업한 원고와 책의 내용을 비교해보곤 한다. 어디가 어떻게 수정되었는지, 교열은 어디에서 이뤄졌는지를 확인해 보는 과정에서 나의 부족한 부분을 알 수 있기 때문이다.

가끔은 교열된 부분이 너무 마음에 안 들 때도 있다. 내가 한 번역을 그대로 두는 게 훨씬 더 매끄럽고 자연스러운 경우가 있지만, 완전한 오역으로 변질된 것만 아니면 대체로 별 이의를 제기하진 않는다. 속은 상해도 교열 담당자는 그분 나름의 역할을 다했을 뿐이니.

초반에는 정말 으악 소리가 절로 튀어나올 만큼 큰 실수가 수정된 일도 있었다. 어떻게 이런 짓을 저질렀는지 보면서도 이해가 안 될 만큼 어처구니없는 실수에 그저 교열을 봐주신 분께 감사드릴 따름이었다. 경력이 쌓이면서 처음보다는 수정되는 부분이 적어졌다. 나름 뿌듯하다.

증정본을 펼쳐 보면 신기한 느낌이 든다. 처음 원서를 받았을 때는 분명히 일본어로 말하고 있던 캐릭터가 우리말로 대화하고 있는 걸 보면, 내가 창조한 캐릭터는 아니지만 마치 내가 우리말을 가르치기라도 한 것 같아 애정이 절로 샘솟는다.

번역체와의 싸움

번역에서 제일 주의해야 할 것 중 하나가 '번역체'다. 번역체란 실제로 우리가 쓰는 말의 어휘나 문법에는 맞지 않지만 뜻은 대충 통하는, 그야말로 외국어를 사전에 나온 뜻 그대로 직역해 놓는 걸 말한다.

일본어는 수동 표현을 많이 쓰는데 우리말로 번역할 때도 그대로 옮겨놔서 어색해지는 경우가 대표적이다. 같은 한자어라도 일본어와 한국어에서 다른 뉘앙스로 쓰는 경우가 많은데 그런 차이를 무시하고 무조건 똑같이 적용하는 경우도 번역체에 해당한다. 일본에선 꼭 존대의 뜻이 아니라 친한 친구 사이에도 하나의 말투로서 존댓말을 쓰는 경우가 있는데 그걸 그대로 옮겨 놓는 것도 일종의 번역체다. 특별히 존댓말을 쓰는 이유가 언급되어 있지 않은 한, 우리 관습에 맞게 반말로 바꾸는 게 좋다.

번역이라는 건 우리 사회상과 우리말에 맞게, 우리 글의 문법에 맞게 글을 재정비하는 과정이므로 당연히 번역체는 지양해야 할 대상이다. 나도 번역을 시작한 지 얼마 안 됐을 때는 번역체를 그대로 사용하는 실수를 범해 담당자에게 지적을 받거나 교열 과정에서 수정되는 일이 빈번했다.

그런데 최근, 만화 번역계에 미묘한 변화가 감지되고 있다. 요즘은 조금 덜해졌다지만 만화는 불법 번역본의 유통이 큰 골칫거리 중 하나다. 일본어를 잘하는 만화 독자들이 원서를 스캔해서 자신이 번역한 내용을 얹어 공유 사이트 같은 곳에 올리는 일이 횡행하는데 번역 공부를 한 적

없는 일반인들의 번역은 대체로 번역체투성이다.

문제는 불법 번역본이 너무 많이 유통되다 보니 그 번역체를 본 독자들이 번역체를 맞는 말로 인식하기 시작한 것이다. 오히려 정식으로 발간된 만화책의 번역에 가타부타 트집을 잡는 독자들이 많아졌다. 자연스러운 의역을 번역 실력이 좋지 않은 번역가가 잘 모르는 부분을 허위로 지어낸 것이라고 호도하는 독자들도 있다. 물론 번역가가 실수로 오역을 하고 독자가 올바른 지적을 하는 때도 있지만, 터무니없는 지적을 하거나 번역체를 강요(?)하는 경우가 드물지 않았다.

더 큰 문제는 출판되는 만화에서 그런 번역이 슬금슬금 등장하고 있다는 것이다. 번역체 번역이 올바른 번역이라고 믿는 독자들이 대거 번역을 시작한 건지, 요즘은 번역체 번역이 트렌드인 건지, 아니면 번역체를 좋아하는 독자들의 취향을 존중해주기로 한 출판사가 늘어난 건지, 최근 나오는 만화들을 살펴보면 번역체 번역이 그대로 나오는 경우가 과거보다 꽤 많아졌다. 어떤 책들은 과연 교정·교열을 제대로 봤는지 의심스럽기까지 했다.

심지어 내가 의역한 부분을 직역 번역체로 수정해서 내보내는 일도 있었고 생략하는 게 훨씬 더 자연스러운 감탄사나 부사, 보조 용언 등을 하나하나 다 찾아내서 다시 끼워 넣는 일도 있었다.

번역 작품뿐만 아니라 우리나라 만화가가 그린 만화에 일본어 번역체 말투가 그대로 쓰이는 일도 심심치 않게 눈에 띈다. 번역체가 이 정도로 우리 말속에 깊이 뿌리박혀 있나 하는 생각에 너무 안타깝다. 그런 말들이 부자연스럽다고 느끼지 못할 만큼 우리 국어 교육이 제대로 안 되고 있다는 생각에 뜬금없이 교육 당국에 화가 나기도 한다.

한번은 편집 담당자님께 번역체가 종종 눈에 띄는 현실에 불만을 털어놓은 적이 있었는데, 돌아온 대답에 조금 놀랄 수밖에 없었다. 만화 독자 중엔 일본어를 잘하는 사람이 워낙 많고 그들이 원하는 쪽으로 조금씩 변화해갈 수밖에 없지 않겠냐는 게 요지였다. 또, 교열은 출판사 편집 담당자가 직접 하지 않고 외주를 주는 경우도 많은데, 그 외주 교열 담당자가 수정한 걸 편집 담당자가 하나하나 다 살펴보지 못할 때가 많아서 어쩔 수 없다고도 했다. 한마디로 교열 담당이 번역체가 맞는다고 하면 그 번역체가 그대로 출판되는 것이다.

허탈하다고 해야 할까 화가 난다고 해야 할까. 내가 그렇게 열심히 번역체에서 벗어나고자 노력했는데 그런 게 다 헛수고였다니. 아니, 내 헛수고는 아무 문제도 아니다. 아무리 만화라고 해도 우리말을 번역체로 도배하는 것이 올바른 현상은 아니지 않은가. 구어체 번역이란 어디까지나 우리 말 구어체로 바꾸는 것이지 일본어 구어체를 그대로 갖다 쓰는 게 아니다.

젊은이들 사이에서 유행하는 인터넷 용어나 줄임말 등을 놓고 한글 파괴라는 등 비판의 목소리가 높은데, 만화의 번역체도 우리 말 파괴나 마찬가지 아닌가? 당당하게 '한국어판'으로 출판되는 책이 만화라고 해서 엉뚱한 한국어를 탑재하고 있어도 되는 건 아닐진대.

물론 대부분의 출판사에선 번역체를 지양하려는 노력을 기울이고 있고 어휘나 표현이 제대로 된 만화가 훨씬 더 많긴 하지만, 전보다 눈에 띄는 번역체가 번역가로서의 자존감에도 만화 애독자로서의 애정에도 상처를 주고 있는 게 사실이다.

번역가도 교열 담당도 편집자도 사명감으로 올바른 우리말이 쓰인 책을 출판할 수 있도록 계속 노력해야 한다고 생각한다.

만화도 당당한 '출판물'이다.

유행어, 비속어, 전문 용어

만화에는 구어체가 많이 쓰이다 보니 은어나 속어, 유행어 등이 자주 등장한다.

일본에선 유행어나 줄임말 등을 워낙 많이 쓰기 때문에 그 단어들의 해설서가 따로 나와 있을 정도인데, 그런 현상은 우리나라라고 해서 예외는 아니다. 우리나라 만화가들이 그린 만화에도 요즘 젊은이들의 자연스러운 대화 장면에는 꼭 사전에 없는 유행어나 줄임말들이 들어가 있다. 드라마나 광고, 각종 예능 프로그램도 마찬가지다.

그런데 그런 말들을 너무 남발하면 대화에 진중함이 사라지고 천박해 보인다. 일상대화도 그렇지만 글을 읽을 때는 그 현상이 더욱 심해진다.

번역을 시작한 지 얼마 안 됐을 때 편집자님께 들었던 조언 중 하나가 유행어를 너무 많이 쓰지 말라는 것이었다. 만화에 나와 있는 유행어, 줄임말 등을 있는 그대로 다 번역(물론 유행어에는 로컬라이징이 적용된다)하거나 일반 단어를 유행어로 번역하면 읽는 그 당시에는 재미있을지 모르지만, 단시간에 급격히 변화하는 유행어의 특성상 몇 년만 지나도 낡은 느낌이 든다고 했다. 그렇다고 만화의 특성을 무시한 채 너무 딱딱한 말투로만 번역하면 재미를 느낄 수 없으니 약간의 포인트로서, 양념으로서 적절하게 활용해야 한다고 했다.

말이 쉽지, 어떤 말을 어느 정도로 활용해야 적절한 양념이 되는지 정해진 분량이 있는 것도 아닌데…. 양념이 짠지 싱거운지 판단이 서기까지는 꽤 오랜 경험이 필요했다.

비속어도 마찬가지다. 만화 번역에서는 대체로 구어체를 사용하지만, 비속어만큼은 '문어체'다. 글로밖에 접할 수 없는 순화된(?) 비속어를 사용한다.

예를 들면 심한 욕설을 그대로 쓰지 않고 영화 자막에서

처럼 '젠장' 혹은 '제기랄' 등을 대신 쓰는 것이다.

출판물이니 어쩔 수 없다. 하지만 어떤 때는 꼭 현실 비속어를 써야 맛이 살 때가 있는데, 그런 때를 잘 구분해내는 게 참 쉽지 않은 일이다.

만화라고 해서 무조건 쉽고 일상적인 구어체만 등장하는 건 아니다. 전문직을 소재로 채택한 만화에는 전문 용어가 대거 등장하는데 이게 또 사람 힘들게 만든다.

일본에서 사용하는 용어와 우리나라에서 사용하는 용어가 다른 경우도 종종 있고 어떤 분야에선 같은 단어라도 다르게 표현해야 하는 때가 있어서 상당히 꼼꼼하게 조사해보지 않으면 낭패를 보기도 한다.

일본 만화는 장르가 정말 다양한데 스포츠나 의료, 음식, 패션, 동물, 역사 등 어떤 한 분야를 거의 전문서 수준으로 다루는 작품들이 종종 있다.

이런 작품들에는 그 업계에서 쓰는 전문 용어는 물론이거니와 현장에서만 사용하는 은어들도 툭툭 튀어나온다. 그런 일본말들의 뜻도 알아야 하지만, 우리나라에서는 그 분야에서 어떤 용어와 은어들을 사용하는지도 알아봐야 한다. 특히 외래어로 된 용어 중에는 일본에서만 쓰는 일본식 외래어가 꽤 많아서 주의해야 한다.

최근 문제가 심각한 코로나 19를 예로 들자면 일본은 '전염병'이 아닌 '감염증'이라는 말을 쓰고 병의 '확산'이 아니라 '확대'라고 표현한다. 이런 경우 번역할 때 '감염증'이나 '확대'라는 말을 그대로 쓴다고 읽는 사람이 뜻을 이해 못하는 건 아니지만 우리나라에서 일반적으로 쓰는 용어로 바꿔주는 것이 타당하다.

또 하나 예를 들자면 전문 용어는 아니지만 일본에선 고양이가 부드러운 이불이나 주인의 몸을 꾹꾹 밟는 행위를 가리켜 「ふみふみ(후미후미, 밟는 모양새를 표현한 말)」라고 하는데, 우리나라에서 고양이를 키우는 사람들은 그 행동을 일반적으로 「꾹꾹이」라고 표현한다. 고양이를 키워봤거나 고양이에게 관심이 많은 사람이 아니면 알 수 없는 표현인데, 이런 걸 잘 찾아내 알맞게 번역하는 노력이 필요하다.

제일 힘든 건 역시 사극이다. 고어와 사투리가 함께 나오는 경우는 그야말로 지옥이다. 내용 파악도 어렵고 우리말 표현도 어렵다. 이런 작품을 만나면 얕은 내 일본어 실력이 그저 원망스러울 뿐이다.

가끔 일본어 번역가를 찾는 만화 출판사에서 조건으로 '○○분야에 대한 지식이 해박한 분'을 내걸 때가 있는데, 그럴 만큼 전문적인 지식이 풍부해야만 번역할 수 있는 만화가 많다.

만화라고 대충 번역해선 안 된다. 만화도 정식으로 출판되는 '서적'이다. 그야말로 내 번역이 박제되어 몇 년이고 유통되는 것이다. 허투루 했다가는 망신살 뻗치기 십상이다. 무엇보다 오역인 것이 판명되었을 때 제일 힘든 건 나 자신이니 열심히 노력할 수밖에 없다.

이런 유행어, 비속어, 전문 용어 등을 능수능란하게 잘 활용하려면 역시 많이 접해보는 수밖에 없다. 다른 만화책을 많이 보는 건 기본이고 소설이나 에세이, 신문 기사, 뉴스, 영화, 드라마, 예능, 각종 SNS 탐독 등은 필수다. 어떻게 쓰면 표현이 살고 어떻게 쓰면 지저분해 보이는지, 맛깔나는 표현이 가능한 유행어는 어떤 것이 있는지 배울 수 있다. 또한, 그런 것들을 통해 상식이 풍부해지면 그만큼 표현력도 좋아지고 전문 용어나 은어 검색도 훨씬 쉬워진다.

내 경우엔 딸들의 도움을 많이 받기도 한다. 딸들에게 요즘 젊은이들이 잘 쓰는 표현을 물어보기도 하고 아이들과 대화할 때 일부러 그런 표현을 써보기도 한다. 본 만큼 알게 된다. 쓴 만큼 활용할 수 있게 된다.

번역은 일본어 싸움이 아니라 우리말 싸움이다.

취미가 일이 되었을 때의 고충

꼴도 보기 싫은 일본어

앞서도 언급했듯이 나는 열렬한 만화 애독자다. 만화책뿐만 아니라 애니메이션도 무척 좋아한다.

지금은 전설이 된 만화 잡지 '보물섬'을 정기구독했던 시절부터 만화 사랑은 시작되었다. 오로지 연재만화를 보기 위해 잡지를 뒤적였고 가끔 어린이 회관에서 상영하는 어린이용 애니메이션을 보기 위해 혼자 버스를 타고 서울 투어를 하기도 했다. 중고등학교 때 시험이 끝난 날은 만화방 가는 날이었다. 용돈을 털어 만화책을 잔뜩 빌려 와서 쌓인 스트레스와 갈증을 해소하곤 했다.

천생연분인지 남편도 나 못지않게 만화와 애니메이션을 좋아해서 집엔 만화방에서 빌려온 만화책, 구입한 만화책이 늘 쌓여 있었고, TV에선 애니메이션이 흘러나왔다.

우리나라에도 훌륭한 만화 작가님이 많이 계시고 명작이라 부를 만한 작품들도 많지만 일본 만화를 빼놓고 만화산업 쪽 이야기를 하긴 쉽지 않다. 만화와 애니메이션에 있어선 전 세계에서 독보적인 위치를 점하고 있는 곳이 바로 일본이니까. 만화를 좋아하는 사람이라면 일본과 일본어에 관심을 갖게 되는 건 거의 필연이나 다름없다.

일본어를 어느 정도 배운 뒤에는 일본에서 발매된 원서 만화를 꽤 많이 사들였다. 원서를 보면서 일본어 실력을 향상시킬 수도 있었지만 사실 원서를 보는 이유는 간단했다. 좋아하는 작가님의 신작이 나오면 우리나라에서 그 작품의 번역본이 발매될 때까지 기다릴 수가 없었기 때문이었다.

정식 한국어판이 나오기까지는 아무리 빨라도 몇 달 이상 시간이 걸린다. 어떤 때는 몇 년이 지나야만 한국어판이 나올 때도 있다. 일본어판을 알라딘, YES24 등의 인터넷 서점에서 사면 배송까지 대략 열흘 정도 걸린다. 얼른 책을 읽고 싶어서 조바심 난 애독자에게 원서 구매는 당연한 절차였다. 한창 일본어 공부에 재미를 붙였을 때는 일본어로 만화책을 보는 그 자체가 그저 재미있고 좋았다.

그런데 번역 일을 시작하고 시간이 어느 정도 지나 마감에 쫓기는 정도가 되었을 때부터는 원서를 보는 빈도가 현저히 줄어들었다. 만화책을 볼 시간도 없다는 말이 완전한 거짓말은 아닐 만큼 바쁘기도 하지만, 그게 다는 아니었다. 일본어로 된 만화책을 봐도 즐거움이 느껴지질 않게 된 것이다. 어느 순간부터 일본어는 나에게 '취미'로서의 의미를 잃고 그저 '일감'이 되어버렸다.

좋아하는 작가의 신작이 일본에서 발매되면 버릇처럼 일단 사들인다. 배달 온 책을 한 번 휘리릭 훑어보고선 책

본 만큼 알게 된다.

쓴 만큼 활용할 수 있게 된다.

번역은 일본어 싸움이 아니라 우리말 싸움이다.

장에 봉인, 한국어판이 나오면 다시 사서 제대로 내용을 음미하는 일을 반복하고 있다.

아무리 재미있는 책이라도 일단 일본어만 보면 '즐김' 모드가 작동하지 않는다. 일본어만 봤다 하면 마감 스트레스가 밀려온다. '아우~ 이놈의 일본어~!'라는 탄식이 절로 튀어나온다.

이렇게 될 줄은 몰랐다. 일본어를 잘하게 되는 만큼 더 잘 즐길 수 있으리라 생각했던 나의 계산에 커다란 착오가 생겨버렸다.

내용보다 남의 번역

원서뿐만 아니라 번역되어 나온 만화책도 예전만큼 순수하게 즐기질 못하게 되었다. 만화 내용을 보는 게 아니라 그 번역을 보는 식이 되어버린 것이다.

번역 내공이 어느 정도 쌓이게 된 뒤로는 번역된 내용을 보면 반대로 일본어는 어떻게 표현되어 있었을지 유추할 수 있게 되었는데, 만화책을 보다 보면 '아~ 이걸 이렇게 번역하다니 참 표현 잘했네~' 혹은 '이런 걸 이렇게 해놓다니 이게 뭐야 도대체!'라는 생각이 머릿속을 온통 점유하고 있어서 정작 내용은 제대로 즐길 수가 없다.

잘된 번역을 보거나 좋은 표현을 발견하면 메모도 해야 하고 거기서 연상되는 다른 표현을 떠올려보기도 하고 사전을 찾아보기도 하고…. 잘못된 번역을 보면 대상도 없이 화를 내다가 더 좋은 표현을 생각해 보면서 '나라면 이렇게 했을 텐데'를 반복하고…. 만화책을 보는 건지 번역 공부를 하는 건지 알 수 없는 상태가 되면 만화를 보던 흥은 훅 식어버려 더 이상 재미를 느낄 수 없게 되고 만다.

'이러면 안 돼! 지금은 일하는 시간이 아니잖아!'라고 아무리 마음을 다잡아도 자동으로 머리에 떠오르는 생각을 쉽게 떨쳐낼 수가 없다.

내가 제일 좋아하는 취미가 취미가 아니게 된 건 정말이지 슬프고 서운한 일이다.

좋아하는 일을 하니까 행복해?

마감 스트레스가 심할 때나 박한 번역료에 화가 날 때, 주위 사람들이 내게 위로 아닌 위로로 하는 말이 있다.

"그래도 넌 좋아하는 일을 하잖아?"

좋아하는 일을 한다…. 그것이 꼭 행복을 보장하는 걸까?

물론 싫어하는 일을 억지로 하는 것보다는 행복하겠지. 하지만 위에서도 언급했듯이 좋아하는 일이, 취미가, 더 이상 내게 행복을 주지 못하게 되었을 때의 허탈함이나 박탈감도 무시할 수는 없다.

더군다나 만화 번역은 고질적인 평가 절하로 인한 번역료 후려치기가 심한 분야다. 일반 도서 번역이나 산업 번역과 비교해 번역료가 형편없이 낮다. 번역의 질보다 싼 번역료를 중시하는 일부 출판사의 행태에 만화가 좋아 이 분야로 뛰어든 애독자 만화 번역가들의 속은 썩어들어간다.

좋아하는 일을 하니까 보수가 낮아도 상관없지 않냐고 하는 건 어불성설이다. 일단 '일'을 하는 이상 그에 알맞은 보수는 필요불가결한 요소다. 좋아하는 일을 한다는 것이 경제적으로 어려워도 참아야 한다는 뜻은 아니건만, 일부 업체에선 여전히 '열정페이'를 강요한다. 불만을 표하면 혹시나 내게 일감을 주지 않을까 불안하다. 체력적으로 무리가 와도 의뢰를 거절하기가 힘들다.

세상에 일본어 잘하는 사람은 차고 넘치며, 나를 대신할 사람을 찾는 일쯤은 누워서 떡 먹기니 함부로 출판사의 심기를 거스를 수는 없는 노릇이다. 게다가 최근에는 기술의 발달로 번역기의 질이 대단히 높아졌다. 미래에 사라질 예상 직업 중에 '번역가'가 떡하니 포함되어 있다는 건 막연한 불안감을 더욱 증폭시킨다.

프리랜서로 일하는 어려움은 말할 것도 없다. 다른 작가님들이 많이 언급해주셨기에 나는 자세히 다루진 않겠지만 40대에 찾아온 오십견이라든가, 거북목으로 인한 목디스크라든가, 안구건조증이라든가, 점점 더 ET 몸매가 되어가는 내 몸뚱이 등등 신체적인 고충도 적지 않을뿐더러, 휴일도 없이 주7일 내내 일하는데도 언제든 교체 가능한 소모품 같은 나 자신의 가치에 괴로워하는 정신적인 고충도 만만치 않다.

꼭 19금 작품을 번역할 때뿐만 아니라 누구에게도 방해받지 않고 집중해서 일할 수 있는 시간을 확보하기 위해 밤에 주로 일을 하다 보니 건강에 적신호가 켜지는 건 말할 것도 없고 낮 시간을 효율적으로 활용하는 데에도 문제가 생긴다. 웬만해선 점심 약속은 할 수 없고 아차 하면 은행 일도 볼 수가 없다.

프리랜서니까 시간을 마음대로 낼 수 있다고 생각하는 주위 사람들의 오해도 괴롭다. 부모님이 아파서 입원하셨을 때 일감을 입원실로 싸 들고 가서 일해야 했는데, 직장 다니는 다른 형제는 그나마 싸 들고 가서 일할 수 있으니까 좋지 않냐고 말했다. 과연 좋기만 한 걸까?

집에서 일하는 것이 곧 전업주부 + α를 뜻한다고 여겼던 가족들의 생각이 바뀌는 데도 정말 한참이 걸렸다. 처음 번역을 시작했을 때는 작업량이 많지 않아서 전업주부의 '부업' 정도로 봐도 무방했지만 일이 늘어나 매일 마감이나 마찬가지가 된 후에도 식구들의 인식은 크게 변하지 않았다. 가족들 사이에서 집안일의 '분담률'이 달라진 게 아니라 그저 집안일의 '질'이 떨어졌을 뿐이었다.

그래도 만화 번역

그럼에도 행복한가?

행복하다 쪽이 불행하다 쪽보다는 월등히 앞선다. 100% 행복하냐고 물으면 자신 있게 그렇다고 할 수는 없을지언정, 100% 불행하냐고 물으면 자신 있게 아니라고 대답할 수는 있다.

번역은 즐겁다. 만화를 보는 것도 즐겁다.

번역한 만화책 증정본을 손에 들었을 때의 그 뿌듯함은 말로 표현하기 어려울 정도다. 아이를 낳았을 때와 비교한다면 조금 과장이지만, 내가 우리말로 재창조한 책을 볼 때마다 가슴이 벅차오른다. 캐릭터가 우리말을 하며 움직이는 것이 마냥 사랑스럽다.

책을 받으면 버릇처럼 맨 뒷장의 판권을 펼쳐본다. 거기에 박혀 있는 내 이름 석 자를 보면 나도 모르게 미소가 흘러나온다. 아주 가끔 번역가 이름이 잘못 인쇄될 때가 있는데, 그런 걸 발견하면 실망감을 감출 수가 없다. 단순한 실수나 오류지만, 마치 내 작품을 빼앗기기라도 한 것처럼 가슴이 아프다. 내 이름이 잘못 인쇄된 걸 담당자님께 문의했더니, 번역료 지급은 정상적으로 이뤄졌으니 문제없다며 별일 아니란 듯이 말씀하셨을 때는 조금 서운했다. 번역료도 중요하지만, 거기에 내 이름이 새겨져 있는 것도 중요하단 말입니다!

작업실에는 1,000권이 넘는 증정본들이 빼곡하게 꽂혀 있다. 내가 11년 동안 이뤄낸 성과의 증거물이다. 눈에 띌 때마다, 일이 힘들 때마다 한 번씩 쳐다보면 흐뭇함에 입꼬리가 살짝 올라간다. 마치 다 큰 딸들을 바라볼 때와 비슷한 감정. 그래도 내가 헛산 건 아니구나 하는 생각이 든다.

코미케에 참가하러 일본에 가서 내가 번역한 만화의 작가님을 직접 뵙고 이야기를 나눴을 때는 내가 정말 자랑스러웠다.

한국에서 온 팬이라고 하면 그것만으로도 많이 놀라시는데, 당신의 만화 한국어판을 번역한 번역가라고 나를 소개하면 거의 모든 작가님의 반응은 비슷했다. 매우 놀라고 반가워하시며 한국 사람들도 자신의 만화를 읽고 즐길 수 있게 해줘서 고맙다고 하셨다. 내가 작가님을 직접 만나게 되어 너무 신기하고 자랑스럽게 느끼는 것과 마찬가지로 작가님도 나와 직접 만난 것이 대단히 기쁜 일이라고 말씀해 주셨다.

너무 기뻐서 가슴이 터질 것만 같았다. 만화 번역 일을 하길 정말 잘했다고 나 자신을 칭찬했다. 좋아하는 일을 직업으로 가짐으로써 누릴 수 있는 호사가 아닐 수 없었다. 내가 좋아하는 작가님들에게 감사 인사를 받는 입장이 되다니!

얼마 전 TV에서 유명 패션 브랜드의 디자이너가 여배우의 레드 카펫 드레스를 만들어줬을 때 그 배우가 디자이너를 꼭 끌어안아 주며 고맙다고 인사하는 장면을 봤는데, 그때 그 디자이너의 기분이 작가님과 인사를 나눴을 때의 내 기분 같지 않았을까 싶다.

사실 나는 이 책의 공저자님들처럼 뭔가 원대한 꿈을 갖고, 혹은 '번역만이 나의 길'이라는 사명감으로 끈기 있게 준비한 후 일을 시작한 것은 아니었다.

모든 건 '어쩌다 보니', '뜬금없이', '번뜩 떠오른 생각에' 시작된 일이었고 처음 일을 맡게 된 것도 순전히 담당자님의 배려가 결정적 원인이었다. 일하면서 공부했고 공부하면서 경력을 쌓았다. 그럼에도 나는 이 일을 11년째 하고 있다. 내가 지금까지 거쳤던 다른 직업들보다 훨씬 오랜 경력이다. 이쯤 되면 운명이지 않을까?

만화 번역가치고 늦은 나이에 일을 시작해 여태 계속하고 있으니 다른 번역가들보다 나이도 많다. 노안이 와서 안경을 쓰고 작업해야 하지만, 그런 건 아무 문제도 되지 않는다.

한때는 나이가 들면 만화 번역을 하기가 좀 그럴 테니 일반 도서나 산업 번역 쪽으로 방향을 전환해야 하지 않을까 하는 생각도 했었다. 그러나 나이가 무슨 상관이란 말인가! 내가 처음 일을 시작했을 때도 오로지 '열정' 하나로 시작되었거늘!

나는 아직 만화를 좋아하고 만화 번역을 좋아한다.

출판사에서 나에게 일감을 주지 않게 될 때까지 계속 일할 것이다. 다른 번역을 할 기회가 있으면 물론 그쪽도 도전해보고 싶지만 그렇다고 만화 번역을 그만두진 않을 것이다.

나에게 만화 번역은 인생 3막의 시작이었다. 막은 아직 내려가지 않았다. 막을 내릴 예정은 아직 없다.

번역의 기쁨과 슬픔
도서번역가의 세계로 초대합니다

초판 1쇄 인쇄 2020년 9월 21일
초판 1쇄 발행 2020년 9월 28일

지 은 이 노경아, 김지윤, 김희정, 조민경, 박소현
펴 낸 이 최수진
펴 낸 곳 세나북스
출판등록 2015년 2월 10일 제300-2015-10호
주　　소 서울시 종로구 통일로 18길 9
홈페이지 http://blog.naver.com/banny74
이 메 일 banny74@naver.com
전화번호 02-737-6290
팩　　스 02-6442-5438
I S B N 979-11-87316-71-8 03810